U0695485

逃之夭夭

里的隐 著

Run away

天津出版传媒集团

天津人民出版社

图书在版编目（CIP）数据

逃之夭夭 / 里的隐著. –– 天津：天津人民出版社，
2024. 8
　ISBN 978–7–201–20477–2

　Ⅰ.①逃…　Ⅱ.①里…　Ⅲ.①长篇小说–中国–当代
Ⅳ.①I247.5

中国国家版本馆CIP数据核字（2024）第 096311 号

逃之夭夭
TAOZHIYAOYAO

出　　　版	天津人民出版社	
出 版 人	刘锦泉	
地　　　址	天津市和平区西康路 35 号康岳大厦	
邮政编码	300051	
邮购电话	（022）23332469	
电子信箱	reader@tjrmcbs.com	

责任编辑	岳　勇	
封面设计	中尚图	
主编邮箱	jfjb-lx2007@163.com	

印　　　刷	三河市金元印装有限公司	
经　　　销	新华书店	
开　　　本	880 毫米×1230 毫米　1/32	
印　　　张	10	
字　　　数	240 千字	
版次印次	2024 年 8 月第 1 版　2024 年 8 月第 1 次印刷	
定　　　价	59.00 元	

版权所有　侵权必究
图书如出现印装质量问题，请致电联系调换（022-23332469）

致

曾飞跃北京市西城区安康胡同5号上空的屎壳郎

目 录

故事之前或之后

　　就在将要踏进隧道入口的时候，一个声音在四迷的耳边响起，他遂辨认出这是那个脖子上有勒痕的年轻人的声音。

　　——寻到黑狗了吗？

　　"寻到了。"

　　——什么样的？

　　"变成了石雕。"

　　——那要祝贺你们了。

　　"还早。"

　　——总比我强，起码你们还有机会。

四迷站在隧道入口前，回过头，朝着那个声音响起的方向，眼神掠过掩映在一片草丛中的黑狗石雕，望向远处的尽头。

"你可以开始下一段旅程，这也算是一种不错的选择。"

说完这句话后，四迷等了一会儿，没有再听见回音。

四迷微低下头，看到有一只屎壳郎，紧紧地跟在自己身后，像极了他在临出门前遇到的那只。

第一话

旧 事

我们总会在不知不觉间，
和别人产生关联。

只是彼时的我们还不知道，
那种关联，有可能会影响到此后的人生。

坚若磐石的屎壳郎

　　四迷曾看到过一幅不管过了多久，只要每每想起，都清晰并充满色彩的画面——有关于屎壳郎。

　　那是一个阴云密布的闷热午后。四迷站在胡同口，抬起胳膊用袖子擦了把脑门上的汗，向天空望着。

　　举头凝目，入目唯天，天阴云沉，气缓风颤。在目力所及的最远处，有残日落。时隐时现的闪电，缠绕着时聚时散的乌云，让它们看起来像一颗颗毒菇，氤氲着一圈诱人的黄瓣。空气中的水汽，正从四面八方赶来，混乱却一往无前地一点点聚拢起来。它们蓄积着爆发的力量，为刺破云层的第一滴雨做着准备。

　　四迷加快脚步，希望在雨落前赶到朋友迁溯的小饭馆。

　　当第一声入耳的闷雷自遥远的天外响起的时候，四迷刚刚坐定在只有自己一位食客的饭馆里，占据了这个饭馆全部四张桌子中的一张。不一会儿，迁溯就端着餐盘走出来，放在四迷的面前，自己则坐在另外的一张桌子旁，悠闲地呷了口放着桂圆干和碎冰糖的茉莉花茶。

在柜台一角摆放的九英寸电视机中，一只屎壳郎正推着粪球。

"换个台？还是你看这个能吃得更香？"迁溯点了根烟，然后用夹着烟的手，指向四迷吃了一半的咖喱饭。

四迷笑笑，微微摆了下手，眼神移回到电视上，继续看着那只羸弱的屎壳郎和它身后如史前巨蛋般的粪球。

屎壳郎背冲着粪球，它用六只足中的两只前足撑着地，或许还有一些撑地的力量要靠脑袋完成。剩下的四只足中，两只后足牢牢地抓在粪球上，中间又短又细的双足，则在粪球与地面间来回摆动——当前行需要它们的力量时，它们就在粪球上；当身体需要它们平衡时，它们就在地面上。

纪录片没有旁白，也无须旁白，一帧一帧连贯起来的画面足以诠释需要表达的一切。

屎壳郎微颤着身体，费劲地将它的战利品向前推动着。碰到了石子需要越过，它就顽固地再多迸发些力量；碰到了树枝插进粪球中，它就迂回往复，上下求索，将粪球重新掌握在自己手中；甚至遇到了突然而至的垂直下坡——那对于它来说如东非大裂谷般的断

6

崖——它便瞬间跳上粪球，六只足紧紧地抓在粪球上，一起翻滚着，把自己交托给命运，直到粪球稳稳地停在平地上，它再重新保持好前行的姿势，然后继续自己的旅程，坚若磐石。

在上万年的漫长进化过程中，命运并没有赋予屎壳郎高超的生活技巧。它们对待粪球的方式，还和几万年前一样，只靠坚忍的意志而已。电视画面中的这只屎壳郎，和它的顽强一起，携着粪球穿过森林，越过沟壑，滚过深渊，潜过汪洋，一往无前。纪录片最后的画面，停留在像上帝视角般俯视着的一片荒漠上，那只屎壳郎早已钻进地下不知去向。

"听说古埃及文明，会把它做成图腾来崇拜，"迁溯用微抬的下巴指了一下电视屏幕，那上边现在只剩下一行行制作人员的字幕，"那时候，古埃及人管它叫圣甲虫。我上次去埃及旅游时，胡夫金字塔前，有好多小贩售卖用它的样子做成的吊坠。"

"每一个物种都有属于自己的荣耀时刻啊。"四迷不禁感叹道。

后来在图书馆中无意间翻到的一本综合性图鉴书，又让四迷与这神奇的物种再次不期而遇。

古埃及人观察到了屎壳郎的行为方式，觉得它推动着的粪球，很像是每天缓缓升起的太阳，意味着"发展"和"出现"。于是，屎壳郎就被视为太阳之神——每一天，神圣的太阳神，如滚动粪球般将太阳从地平线下推了上来，慢慢地推过天空，直到重新钻到地平线下。

而屎壳郎的另一个行为方式，则更加笃定了古埃及人的信仰——屎壳郎将粪球推进自己位于地下的洞里，像太阳陨落、黑暗来临后的死亡。而其后代，小屎壳郎在成熟后从地表钻出，这向死而生的过程，也为古埃及人带来了"复活"和"重生"的希望。

屎壳郎在自己毫不知情的情况下，被塑造成了不朽灵魂的象征——这是件好事儿啊，应该有谁告诉它一声，再搞个颁奖典礼什么的，把一枚黄金铸造的粪球形奖章，挂在它后背的硬壳上。

饭馆外面的又一声闷雷把四迷的思绪拉了回来，这次的雷声感觉比上次更近了一些。随之而来的雨点噼里啪啦地落在地上，眼看一场暴雨将至。

赶在暴雨还未成规模前，四迷慌忙和迁溯告别。他盘中吃了一半的咖喱饭，已经坨成黏糊糊的一团。

刚一出门，四迷首先感觉到的不是雨点打在身上的凉意，而是雨声在耳边无序躁动的嗡鸣。伴随着这聒噪的，还有店里传出的一首歌，想必是迁溯觉得音乐可以让空荡的小饭馆热闹一点。

I was eighteen,

Didn't have a care,

Working for peanuts,

Not a dime to spare,

But I was lean and Solid everywhere.

Like a rock.

（那年我十八，

生活总是无忧无虑，

为了块儿八毛在打拼，

兜里总是空空如也，

我骨瘦如柴的小身板儿，

却充满了无穷的力量。

坚若磐石。）

　　四迷还记得第一次听到这首*Like A Rock*，是从迁溯店中的那台燕舞牌双喇叭收录机里。当前奏响起，那些浅淡的音符飘飘然流出的时候，他还以为是首民谣。但当Bob Seger沙哑的烟嗓崩裂般地撕扯开四迷耳郭周围的空气时，他才恍然，果然迁溯还是喜欢这种调性，这么多年了都没有丝毫变化——坚若磐石。

这首歌在那时听来，只有热血沸腾，却无感悟。至于那些沸腾着的热血流去了哪里，好像也与四迷并没什么关系。如果不是十几年后，人到中年，怕是很难从歌曲幽浅的音调中，感受到致命的一击。此时的热血虽然不再沸腾，却去了它们该去的地方，缓慢地，却很笃定——坚若磐石。

四迷其人

　　这个世界上每天出生了多少孤独的人，又死去了多少孤独的人，没有人知道，也无从调查。或许所有的人都在经历着同样的一场孤独，区别只是有人知道，有人不知道而已。孤独并非一种特定的场景，也非一个人的时候就孤独，孤独的感觉会随时光顾，没有预兆，也从不打招呼，只蓦然闯来，以彰显它的古灵精怪。

　　很显然，四迷知道自己正经历着一场孤独。

　　四迷一直不明白的是，自己能明确地感受到孤独这件事，到底是基因使然，还是自己的生活经历、遇到的人、碰到的事、感受到的气氛、收获到的触动，才把他塑造成了一个能看清自己的人。本来，他很笃定这件事是由基因决定的。原因说不好，只是觉得这种解释更科学。但后来，在他遇到了一系列的事情后，这种笃定就逐渐动摇、崩塌了。

　　这倒不怪四迷"墙头草"。就算意志力再坚定的人，碰上四迷遇到的那些事情后，三观也会产生极大的震颤。

最先改变四迷世界观的事情，是他动摇了对于"希望"的认知——有时候拥有希望也是个坏事情。

那件事情让四迷拥有了一种能力，可以通过某种他自己还说不清、并没有完全掌握的方法，来攫取到也许只是擦肩而过的人身上发生的故事。这些故事并不以其原本的面貌存在，而是形成了一种气氛传递给四迷。当他感受到了那些浓郁的气氛后，躲藏在它们身后的故事便无处遁形了。而且四迷还拥有"偏见"的能力，这便让四迷可以更加肆无忌惮地将攫取来的故事浓墨重彩地粉饰一番，让它们看起来不再浮光掠影，就如同他真的深陷其中，经历过所有的悲欢离合、世事变迁一样。

当然了，四迷并非天生就拥有如此这般获取故事的神奇能力，而是通过一次现在想起来还觉得有些不可思议却记忆犹新的经历。

"宝龙"、同班女孩、巴比伦老者

20世纪90年代中后期，北京最时尚的地方除了西单以外，可能就是隐匿在犄角旮旯里，那些看似不起眼的小商品批发市场了。在四迷他们学校旁边就有这样的一个叫作"宝龙"的隐秘角落。

确实是角落——与"宝龙"这个磅礴的名字很不相称的狭窄门洞，只能容纳一人进出。门洞里边是一堵墙，要拐个弯才能看到一条暗淡幽长的台阶，直直向上，通往未知的世界。

随着西单作为首都的一个象征性标志，越来越往"正经"的方向发展，像"宝龙"这样不在视野中心的地方，才能更加野蛮地生长，变成阿里巴巴发现的强盗藏宝地。四迷就是在这里偶然得到了获取故事的能力。那是一段在记忆盒子中即将被众多微尘覆盖的经历。

四迷的中学时代，在上体育课前，他们通常会在课间休息的时候换上运动服，然后去操场集合，发生故事的那天也不例外。上体育课之前，大部分同学都换好了衣服已经去了操场，此时的教室里只剩下两个人——回到教室取绑腿沙袋的四迷，和另一个同班的女孩。

在一个毫无征兆的时刻，同班女孩突然对四迷说："放学后，要是没事儿的话，一块儿去趟宝龙吧。"虽然她是看着四迷说的这句话，但四迷还是不由自主地环顾了一圈四下无人的教室。

"买东西吗？"四迷问她。

"嗯，得你跟我一块儿去。你放学有事儿吗？"

"没事儿。"

"那就学校门口见。"

说完，她就走出了教室。

四迷和这个同班女孩有一阵很熟，那是刚开学的时候，四迷和她坐同桌，虽然桌子中间隔着过道，但他们还是可以躲在立起的课本后边来回传纸条。后来，班主任把女孩调到了离四迷最远的一个座位，然后把一个男生调到了四迷的同桌。

班主任的理由是，他看到了一些在彼时他们那个年龄不该有的危险苗头。

危险苗头？四迷心想——老师，您就不怕被调过来的男生和我出现危险苗头吗？四迷转头看了一眼那男生，恰和他正望向自己的眼神对上，不禁打了一个冷战。

　　也真是奇怪，自打距离变远了之后，四迷和那个女生突然就从无话不谈，变得形同陌路了。甚至在课间、放学后碰见，也竭力回避彼此的眼神，就好像真有一个什么"危险苗头"正在他们之间的透明空间里跳跃着，肆意朝他们做着鬼脸儿。

　　四迷原本以为他和同班女孩就会以这种状态，留下一张在毕业照上相隔很远的照片后，再无交集，却没想到女孩突然在一个毫无征兆的时刻又和他说话了。

　　放学后一出校门，四迷就看到她，扶着自行车在远离校门口却又能依稀望到的地方等着四迷。他们一起骑着车，沉默着在狭窄的胡同里左右穿梭了一阵，来到了宝龙。

　　穿过幽长的昏暗楼梯，四迷和同班女孩步入了藏宝洞的深处。彼时"古惑仔"系列电影正席卷内地，宝龙里的摊位也大多挂上了大幅画报和一根根散发着白光的铁链腰带，也有一些摊位没有随波逐流，固守着自己的那一块神秘领地。同班女孩要去的摊位就属于这一小撮"顽固派"。

　　那是一个很小的手工作坊，摊位的挂杆上，垂着一个个系着红色绳子的小玻璃瓶。玻璃瓶只有胶囊药粒大小，里边充满黏稠的水状物，底部沉着一些彩色的细沙，沙子上落着一枚白米粒。

同班女孩来到摊位前，然后从摊位上拿起纸笔，让四迷写下自己的名字。

"我想把你装进这个瓶子里。"她对四迷说。

四迷一边写着名字，一边想："她知道我的名字，为什么又非要让我前来不可呢？"名字写好后，同班女孩接过纸条，在旁边也写下了自己的名字，然后把纸条递给了正埋头在米粒上刻字的手工艺人。

在他们前边还有几个人在等着属于自己的那份礼物。在等待的过程中，同班女孩一直看着手工艺人忙着的活计，而四迷则被过道尽头，角落里的一间铺子吸引了注意力。那是一间像是无人认领的摊铺，门口挂着长长的细布条帘子，摊位桌子上空无一物。在这四下热闹的拥挤空间里，那里的空寂独树一帜，反而比任何的吆喝和门庭若市，更让四迷感到好奇。

"我去那边儿看一眼。"四迷对同班女孩说道。她看向四迷指的方向，随即点了点头。

在顺着过道朝那个摊铺走的过程中，四迷看到有一些路人走过了那里，却没向里边侧目，仿佛那里确是个无人的摊位。但四迷知道，里边有什么吸引着他。

四迷掀开细长的布条帘子，走进摊位，里边坐着一位看不出年龄的男人。他蓬头垢面，形容枯槁，显得异常憔悴，但在和四迷相交汇的眼神中，却透露着不断涌起的高涨情绪，甚至他还朝四迷微笑了一下，然后让四迷坐到了他的对面。

　　"我来自巴比伦，是一位发签人。"他对四迷说，简明扼要，正中鹄的，不管四迷是否能理解和接受，他一上来就剥光了自己。

　　这位巴比伦老者——没有姓名，也没有年龄，只是一个忘记了前世今生的苏美尔人遗腹子。他正从事着一门古老的交换生意，因现代科学的发展和骗子不断翻新的花样，而导致一些人不感兴趣、另一些人小心提防的诡异而冷清的生意——

　　当有主顾来访，许下一个愿望后，作为发签人，他就会给主顾一条签文。签文有短有长，内容也是天马行空，不一而足。抽到什么样的签文，这全凭运气。有的签文很简单，有的则一眼看上去就会想要放弃。并且这签文上事情的难易程度，并不和愿望的大小相对应。这倒很合情合理，毕竟愿望对于每一个人来说，只有实现和没实现两个状态而已。

　　所谓交换生意，就是你替他完成签文上的事情，而他则可以让你实现你的愿望。

　　巴比伦老者说，上一次遇到有人找他抽签，是他在赤道附近的一个小岛游逛时，碰到了一位当地人，正在用世代相传的卡斯蒂利亚古语祈祷当天的出海能满载而归。

巴比伦老者和这人说明了来意后，让他许愿，这人欣然接受了交换条件，他许下的愿望是——"无须承受出海的辛劳，鱼蟹便会自己投入网中。"

巴比伦老者让这人抽了个签，签文上写着：「每隔二十三天，在海滩上放上一粒，从未曾在这片海滩上存在过的沙子，一共持续二十三个周期」。

这意味着——巴比伦老者向四迷解释——如果在连续二十三个周期的最后一个周期的第一天，放置在沙滩上的沙子，是从未曾在这片海滩上存在过的，那这个小伙子就可以实现自己的愿望。反之，则是发签人获胜。而许愿人所付出的代价，就是他的这个愿望永远无法实现。

于是，这个小伙子每隔二十三天，就出海到遥远的小岛上，取一粒在小岛深处的沙子，小心保管，带回到自己的那片沙滩上。一开始还算顺利，但在将满一年的那个周期中，小伙子带来的沙子，在与沙滩接触的那一瞬间，签文便突然燃烧起来，被付之一炬了。

这意味着，小伙子带来的沙子，曾在这片沙滩上出现过。

小伙子大感不解。"那可是我从遥远小岛深处的洞穴边带回来的沙子，怎么可能曾在这片沙滩中出现过？"

可事实上，命运不会撒谎。也许是地质变动，也许是风力使然，就算是被海鸟附着带到了远方也未可知。总之，最后的结果是，发签人获胜。于是，小伙子永远无法实现"无须承受出海的辛劳，鱼蟹便会自己投入网中"这个愿望了。他只能靠夜以继日与大海的搏斗，用自己的身体和意志，来换取想要的生活。

听完巴比伦老者的叙说，四迷提出了一个疑问——那这对你来说没有任何好处呀，你得到了什么？

巴比伦老者说："这个世界上的愿望每少一个，希望就会减少一个。你知道，希望是最坏的东西，它会让人不断地朝着最终的绝境前行。不过，即使他的愿望实现了，相对应的，世界上也少了一个希望。总之，我就是让这个世界上少一些希望的存在。这对我来说，是只赚不赔的买卖。"

"有希望，应该是件好事吧？"四迷不解地说。

"在绝望之前，总有那么一个瞬间是充满希望的。这个瞬间来得如此之快，让人猝不及防，程度甚至比在充满希望时的自信还要自信。"巴比伦老者看着四迷，眼神里有一些难以言表的情绪闪烁跳跃着，"随即，当那羸弱的希望以摧枯拉朽之势无可挽回地破灭的时候，绝望便显得更加真切，也就更加绝望了。"

说完，巴比伦老者从身旁的小木箱中取出一摞纸片摊在桌上，然后对四迷说："抽个签吧。"

"为什么？"四迷问。

"你没注意到，只有你被无声地召唤来了吗？这不是没有原因的。"

四迷把目光垂到那些纸片上，纸片上的图案，都是巴比伦老者自己用蜡笔绘制的，粗糙、苍凉、颗粒感、坚韧十足、不可名状。一条条荒谬的色彩缠绕交织在一起，勾勒出殊形诡状的画面，而签文的内容就躲藏在这些色彩下面，只有在选定了一张签文，将上面的色彩用温热后的牙膏涂抹去除后，才能显现出签文的内容。

巴比伦老者此刻已经做好了作为发签人角色的准备，他将摊开的一摞纸片向四迷的方向轻轻推了一下。

"可是我并没有什么想要实现的愿望啊！"四迷说。

"愿望并不一定有其代表的意义，你不必太拘泥于'愿望'二字的含义。"发签人收回放在纸片上的手，"眼下，我就知道你有一个或许在你的定义里不能称为'愿望'的愿望。"他把胳膊架在桌子上，伸出一根手指，指向了同班女孩那边。

四迷站起身，看见女孩正朝他这边望着。四迷随即朝她微笑了一下，又重新坐到了椅子上。

"我只是想知道，她为什么说必须我一起来。"

"这个，你完全可以直接问她，还有其他问不出口的问题吗？"

"嗯……还有就是为什么会突然想到要做这件事，在我们彼此陌生了这么久之后的今天。"

"这就是你的愿望。"

"可……"四迷没想好要怎么表达，只是觉得，用"愿望"这两个字，形容他此刻的心境，有点过于浮夸了。

"这样吧，如果你能完成签文上的内容，我可以给你一种能力。"发签人停顿了片刻，像在思考，然后笃定地说，"这种能力，可以让你知道你身边的人曾经发生的故事，不论是熟悉的人还是陌生的人。但有一个限制条件，就是那个人的身上，还留有发生故事时的气氛。"

四迷沉默以对，思考着发签人描述的那个感觉。

"听上去，还不错吧？"发签人朝四迷笑笑说。

虽然还无法完全知晓这种能力会给自己带来何种体验，但四迷的手已经鬼使神差般朝桌面上的签文伸去。

"等等，"发签人捏住四迷的手腕，"你要以许下愿望的形式，来和我达成交换，这才是这门生意正确的行事方式。"

四迷收回手，以一种他们都能接受的方式，将自己的这个突然生成的愿望，和发签人做了交换。然后，四迷把手按在了一张签文上。发签人将签文上的色彩用温热的牙膏抹去后，嘴角轻轻上扬，露出了令人难以揣测的微笑。他捏住签文的一角，将它展示在四迷的眼前——一张空白的签文。

　　"我已经很久没有遇到过空白的签文了，久到像是几世之前的印象。"

　　"这代表什么？"四迷问。

　　"命运。"发签人闭上眼睛不再说话。

　　四迷感觉到一种注入了情感的气氛隐隐袭来，随着气氛越来越浓烈，四迷仿佛和眼前的这位老者早已熟识般，四迷的记忆中填充进了他的故事——

　　在那个医学一片混沌，病症更多的是通过祈求神明眷顾来进行治疗的时代，眼前这位还未曾接过"交换生意"的年轻伐木工，突然患上了严重的肺疾。他的喉部像被一只巨大的蟹螯钳住般，夜夜咳嗽到难以成眠。

　　在无数个黎明进行了绝望的乞求而无果后，他知道，他就要死了。于是，他更加拼命地干活，以期能留给妻子和尚在襁褓中的孩子多一些财产，让这些财产带他们去往更加文明的世界，不再受他受过的苦。

在一次前往工作地点的奔走中，他被一阵剧烈的咳嗽撕裂了意识，倒在路边。不知过了多久，意识渐渐恢复，可身体机能还没有恢复到足以支撑他活动的程度。他缓缓张开眼睛，看到了一位——就像四迷今天看到发签人时一样感觉的人——揣测不出年龄的、形容枯槁的陌生人。

"想不想试试你的运气？"陌生人问道。

"那我肯定会输。"

"你已经如此，还怕输什么呢。"

年轻伐木工用两只胳膊撑着身体，努力坐了起来。说得对，自己已经落魄到如此地步，还有什么可输的呢？

"你可以许下一个愿望，然后抽个签，如果你能达成签文上所说的内容，愿望就可以实现。"

"达不到呢？"

"那你就永远无法实现许下的那个愿望了。"

此时，年轻伐木工坐在地上，已经感觉不到从肺部传递上来的阵阵不适感。他的思维，集中在了和命运博弈的思考中。如果是只涉及与自己相关的赌注，他愿意豁出命去搏上一搏，可他的愿望中恰恰没有自己，他只想让妻子和孩子幸福，这是他不敢轻易去与任何人做交易的砝码。

"或者……"陌生人见他久未答话，便说道，"还有一种方法，只与我个人进行一次交换。"

"和你交换？"

"和我交换。如果你愿意接受我的工作，也许我可以帮你实现你的愿望。"

"工作？我愿意！"年轻伐木工甚至都没有问是什么工作，就满口答应下来，"什么工作我都愿意做。"这倒是他的真心话，能工作赚钱，给妻儿以好的生活，是他现在最想做的事。

在年轻伐木工迫不及待地说出了那句"我愿意"后，这门古老的交换生意，就脱离了那位来自上古陌生人的掌控，转移到了他的手中。同时，陌生人也实现了他的诺言，年轻伐木工的愿望得以实现，只不过实现的方式是他始料未及的——

妻子和儿子同时罹患了一种奇怪的疾病，病因不详。在被持续的高烧折磨了一周后，两个人才从不省人事的状态恢复过来，又经过一周的调养，身体痊愈。当然，只是身体痊愈了，两个人对于年轻伐木工的记忆却消失殆尽。与此同时，他们得到了一份来自政府的金币补偿。有消息称，是附近化工厂的有毒气体泄漏，才导致了伐木工的妻儿患上奇怪疾病。他们得到的赔偿很多，多到足以离开那片荒蛮的土地，去更加现代和文明的地方开启新的生活。

让彼时的年轻伐木工、此时的发签人没有想到的是，作为交换过来的工作，上古陌生人的命运也一同被交换了过来——他获得了永生，在无数次与自己相伴的孤独轮回中，再也无法与妻儿见面。

发签人缓缓地睁开了眼睛看着四迷，他知道四迷已经获得了愿望中的能力，并第一次就熟练地运用在了自己的身上。

"你不后悔吗？"四迷问发签人。

"所以我说，希望是个坏东西。"

"但你的牺牲，让你的妻子和孩子获得了重生。"

"好吧，那……"发签人顿了一下，然后说，"希望是个复杂的东西。不管怎么说，我的工作就是如此，希望这种东西在世界上还是越少越好。"

四迷听到了同班女孩叫自己的声音，他站起来朝女孩那边招了下手，示意她稍等自己一下。

"赶紧去吧。"发签人从刚才的那段回忆中抽离出来，眼神再次变得迷离，恢复成了忘记姓名、失去年龄、在没有未来的世界里永生的巴比伦老者。

四迷从椅子上站起来，走到摊铺外边，回过头正想问问巴比伦老者将去往何方时，那里已经是空无一人了。

在和同班女孩一起骑车回家的路上，四迷看着她脖子上戴着的、刻有四迷名字米粒的小瓶子，气氛随之袭来，四迷终于弄清楚了困扰着自己的那两个问题。

同班女孩将要离开这座城市，和父母一起移民到一个四迷只在地图上见过的地方。她想在临行前的最后一天，得到一份一直以来期待的礼物，而她笃定地认为，只有四迷亲笔写下的字，才能带给她这种恒久的感觉，让她的这份记忆，不至于在时光和岁月的冲刷中，被磨损得消失殆尽。

四迷把她送到家门口，并没有下车，一只脚支在地上，另一只脚踏在自行车脚蹬子上，看着她把车支在墙边，然后回过头看向自己。

四迷离她大概有三四步远，他们就这样对望着，更多的气氛涌来，四迷有点招架不住。为了抵挡这些源源不绝的故事，四迷先开了口："明天你就不会来学校了吧？"

同班女孩愣了一下，显然没料想四迷怎么会知道她还未来得及说出的事情。在微张的嘴和困惑眼神的掩饰下，她默然地点了点头。

　　很多年后，四迷在回忆这个场景的时候，像是在看一张照片，影像固然还算清晰，但色彩却都褪掉了。有时四迷会想，如果当时自己下了车，把车支在一旁，走到她的身前，会不会给她一个拥抱。如果自己那么做了，也许这份回忆，会因她头上的洗发水味道，而产生更多鲜活的色彩。

　　总之，这不重要，已经褪色的，也唯有任其褪色了。

国画老师

在和巴比伦老者相遇的那天晚上，四迷仔细回忆了一下前前后后的细节，有一件事一直没有想明白，就是为什么很多路人路过巴比伦老者的摊位，却没有一个人向里边侧目，更没有人走进去聆听他的那番呓语。那个对于所有人来说仿佛废弃无人的摊位里，到底有什么在吸引着自己？

后来四迷想起小时候的一段经历，也许用那段经历可以解释得通。

在上小学的时候，四迷学过两年国画，就是蘸上颜料，用毛笔戳在宣纸上随便转几个圆圈的那种。不同的是，蘸上紫色转圈，就是葡萄珠；蘸上粉色，就是梅花瓣；蘸上红色，就是瓢虫壳；蘸上棕色，就是麻雀头；蘸上黑色，再用水稀释些，转上一圈，就是雏鸡脑袋。

与画画相比，四迷反而对那些颜料的名称，还有各式各样的狼毫、羊毫毛笔更感兴趣。

四迷没有任何对国画这门艺术的不敬，只不过，彼时那个只对动画片、小零食、乱说话和招人讨厌比较热衷的小孩，实在是对国画提不起兴趣。四迷每次被妈妈带去那个状若鸽子笼的画室熬上俩小时，也只是为了下课后，作为奖励，能在胡同口的快餐店里，吃上一碗排骨饭解解馋。

不过，教四迷国画的那个老师倒真的是个值得大书特书的人物。

在四迷的想象世界中，国画老师变成了一个有故事的世外高人——

他住在一间漏雨的小破平房里，每天在邻居独身老婆婆家随便吃点什么，把收入大部分都给了老婆婆，当作伙食费。

酗酒，留下的少部分钱都买了酒和炸花生，那些炸花生就放在一张全是意大利文的奖状纸上，奖状纸被大片油渍浸泡，变成了透明的。

在不上课的大部分时间里，他都是醉态的，不管昼夜，醉了倒头便睡，从不脱衣服，只有在袜子已经硬得无法穿上时才想起来换一双。

醉后的梦中，他有时会不自主地抚摸一侧眉毛上的那条细细的疤痕，不知是因为痒，还是梦到了什么。

他身怀书画绝技却只在一群小孩儿间游走。
他什么也不想争取，没有任何改变现状的征兆。
——自从他喜欢的那个姑娘离他而去以后。

"自从他喜欢的那个姑娘离他而去以后"，这当然是四迷对于老师那种印象的一种妄自揣度和肆意粉饰。

四迷一想起这位早已忘记姓氏和模样的老师，头脑中就会闪现出"他是有故事的世外高人"的认知。之所以对他有这种印象，是因为两件事：

第一件事是，有一次画室停电了，恰在小朋友们安静地用毛笔在宣纸上不停碾着各种颜色的圆圈时，突然而至的黑暗让小朋友们猝不及防。随着短暂的沉默和随后沉默的消逝，一个孩子的怪叫像燃着了引线般，导向二十多个孩子凝聚而成的炸药，整间画室猛地迎来了一场歇斯底里的沸腾。就在这一片漆黑的沸腾中，国画老师第一次发了火。

之前国画老师在说话时一向都没什么气力的感觉——慢，声音也小，汩汩流动——像午后无风的湖面。这次发火，他的声音高亢而笃定，一口气对着黑暗说了很多话。大部分四迷都想不起来了，唯一记得的是——"你们要专注，在黑暗中也是可以画画的，不要让眼睛束缚了你们的想象。"

就是这句话，让四迷觉得他是个高手，没有任何欲望地游走在一群小孩里的隐秘高手。

　　第二件事是，有一次画梅花，国画老师在桌子间的过道边走边观察时，在四迷的身边停了下来，看了一下，然后躬下身握着四迷的手，在宣纸上画下了一朵梅花。当他离四迷很近时，四迷闻到了他身上有一抹颓废的味道。从那次开始，每当国画老师从四迷身边走过时，四迷都能闻到那一抹颓废的味道。

　　国画老师留给四迷的这段经历让他觉得，并不是自己发现了巴比伦老者的存在，而是巴比伦老者和自己互相吸引，彼此能清楚地感知到对方的存在，所以巴比伦老者才会等在那儿，所以四迷才会走过去。

　　就像只有四迷能闻到，国画老师身上的那一抹颓废的味道一样。

　　这样的故事在四迷的身上不断地发生，他有时候会怀疑自己是不是拥有一个能"吸引奇怪东西"的特殊体质。在这些故事中，有一个四迷听来的故事，直接影响了他的人生轨迹，至于是在正确的轨道上提速前进，还是出轨翻车，就只有四迷自己知道了。

　　那是个有关"黑狗"的故事。

黑狗

四迷在搬到楼房之前，住在二环边上的一个大杂院里。

四迷在大杂院里的邻居叫藤安迪，是一个拥有无数故事与无限智慧的老阿姨。她一个人住，四迷也是一个人住，藤安迪有时候就会让四迷去自己家吃饭，名义上说是因为饭做多了，自己一个人吃不了，但实际上四迷知道，藤安迪是因为想和人说说话。

藤安迪讲的故事里，很多都是自己的亲身经历，还有些故事则是以被粉饰了无数次的面貌，口口相传到了藤安迪的耳中。黑狗的故事便是其中之一，那是有一次四迷去藤安迪家蹭饭时听到的。

在城郊往北大约六十公里的那一片重峦叠嶂的山林中，有一处形似候车大厅般的建筑。

建筑很大，有人说那不是一座建筑，而是由一片建筑组合起来的，只不过这些建筑的墙壁完全连在了一起，从外观看上去就像一处完整的建筑一样。不管是一座建筑还是一片建筑群，总之，建筑像一道屏障一样，拦在了前后两个空间之间。

建筑只有一个出入口，没有门。不知道是建筑的墙壁很厚，还是它像古代的城门般有一条足够长的独立通道，总之，从出入口处望进去，一片漆黑静默，通道里没有灯，也没有阳光能照射进去。这是通往建筑内部的唯一出入口，也是穿梭于前后两个空间的唯一出入口。

那处建筑早已破败，现在只剩下了斑驳的墙壁。潮湿的水汽滋养着通道内壁上的青苔，空寂的气氛充盈在布满杂草和昆虫的建筑内大厅。

时光向前奔走了很久，建筑唯一的出入口还在那里，并未因岁月的侵蚀，而显出任何疲态。破败的景象，让那个出入口看起来更像是通往另一个世界的诡异隧道。自从建筑破败后，就没人知道现在走进那个出入口后，会发生什么事了。

因为那个出入口前，一直守着一只孤独的黑狗。

很早以前，早到人们记忆的边缘，那时建筑所在的区域属于一片生机盎然的村庄，村庄里住着几十户人家，那个巨大的建筑，可能就是他们赖以和外界往来交通的汽车枢纽站，可是自从黑狗来到这里之后，一切就都变了。

黑狗经常趴在建筑的出入口前，当它看到有人靠近时，表现得并不如它的外表看起来那样凶猛。反而，它安静、慵懒、不怎么爱搭理人，与其说它是老实巴交，莫不如说它是对周遭发生的事都漠不关心。人们有时会摸摸它的脑袋，它也不动声色，递给它肉肠和骨头，它连嗅一下的兴趣都没有。没人知道它是怎么来到这里，又是靠什么果腹活下去的。

本来并不需要过多思考的事情，却悄然酝酿发酵着。那些见过黑狗的人，开始一点点产生了变化，他们总是会在不经意间，发现黑狗出现在自己的视野中——

有时照镜子时，黑狗会出现在镜子中的一角，回过头时，却发现它并不在那儿；

有时在路上骑着车，它的影子会突然从前边横向蹿过，一头扎进路旁的草丛中，可又没有了动静；

有时在夜里三点猛醒后，耳边响着它的一声声隐隐的低吠，待坐起来细听时，却只闻得蟋蟀长吟、群蛙合鸣。

——黑狗好像就在人们身边，然而没有人真正看到它在除了建筑出入口前的其他地方出现过。

随着这样的事情出现得越来越频繁，村民们开始产生了变化，并且他们互相传递着很多让人不安的流言。

人们无由地变得空虚和焦躁；青年人失去了活力，老年人更加失语；村庄里每月一次的集市总不按时开始，到最后完全取消了，午后在晒暖的墙根处进行的"谈话会"也不复存在；人们很怕看到别人在交谈，总觉得他们是在议论自己，于是就连最平常的打招呼，也变得异常艰难；当然有人思考过，为什么村子会变成这样，为什么我们会变成这样，但最后就连思考的能力也变得消极起来。

人们偶尔看到建筑前的黑狗，它一天大过一天，渐渐地快要像那座建筑一样大了。但它还是那么安静、慵懒，不爱搭理人，对任何事都漠不关心。

直到村里一位独身的年轻人，留下了一封空白的遗书，吊死在自家院子里的树枝上后，人们才恍悟，再继续下去，每个人都难逃这样的结局。

于是，大家开始了举家迁移，只留下了这个破败的村庄、破败的建筑和那只大黑狗。

后来……

后来就是传说了——传说有人偷偷去过那座建筑前，想看看那只黑狗还在不在。据回来的人说，黑狗还在。但奇怪的是，有人说看到的那只黑狗很大，又有人觉得它是如此瘦小。还有一次，回来的人宣称他看到那只黑狗竟变成了一座石雕，还是同样的一副安静、慵懒，不怎么爱搭理人，对任何事都漠不关心的神情。

于是，传说便更加完善了——那座建筑的出入口，是通往另一个世界的隧道。在对面那个世界里，有你想要得到的东西，至于是什么东西，可能只有通过隧道的人才能知晓。时间、礼物、人、梦或是属于你的"戈多"，任何东西都可以得到，只要你能跨越那只大黑狗。而跨越它的方法，就是在它正巧变成石雕的那一刻走过去。

它什么时候会变成石雕？满月的时候吗？阴云密布的时候吗？新旧年相交那一刻指针正好重合的时候吗？不知道，没人知道。

一切只能交由命运决定。

在听完这个故事后，四迷与藤安迪不约而同地看向屋檐与屋顶交界处的天窗，那里已经有像透明绸布般的雨水，顺着斜面，汩汩地冲刷着同样透明的玻璃。

这些雨水不请自来地黏在玻璃上，窥视着同样在看着它们的四迷和藤安迪，也像在偷听这个故事般，窃得了这个关于通往另一个世界的秘密。

三个女朋友（名字不重要，又很重要）

刚听完黑狗的故事，四迷就被其中难以名状的一股无力感吸引。对循规蹈矩的生活嗤之以鼻的他，对那个地方向往非常，并记住了故事中的所有细节。

就像黑狗的故事被粉饰后口口相传，流转于不同心境的人们中间一样，四迷也把这个故事讲给了他的三个女朋友听。当然了，是不同时期的三个女朋友。

为了让正在看这个故事的你，不至于像看《百年孤独》一样，被不时窜出的何塞、阿尔卡蒂奥、奥雷里亚诺云云搞得晕头转向，四迷的女朋友就暂且按照交往的前后顺序称作"一""二""三"好了，又因为她们身上的特质都和"声音"息息相关，所以便称她们为"声一""声二"和"声三"。

这下就好记多了。

声一小姐（失聪）

声一小姐的听力有一些不好。并不是耳背或听不清楚，而是时不时地会失聪。

这个情况，是声一小姐和四迷在一起不久之后告诉四迷的。声一小姐说，那是上学时，她总喜欢在放学后绕着操场散步，假装若无其事地看四迷打篮球。她喜欢看四迷打篮球，但又不想和其他女同学一起坐在篮球场旁的水泥台阶上，直勾勾地盯着四迷看。

有一次放学后，声一小姐在篮球场上没有看到四迷，不知道是四迷还在班中没有来，还是有别的事先走了。她想，那就这么沿着操场边缘绕几圈吧，如果能等到四迷固然好，等不到也无妨。

在向四迷描述自己的这个心理活动时，声一小姐突然意识到了什么，继而头皮发麻，心跳的频率差点堵塞气管，让她的话没法顺利说出口。她意识到了一件从未细想过的可能性——每天都在操场打篮球的四迷，恰在那天没有在操场，这是不是冥冥中的安排——

那里有危险，别去！只不过彼时的声一小姐只沉浸在自己的世界中，没有听从命运的安排。

就在声一小姐绕着操场刚走了半圈的时候，不知从哪儿飞驰射来的足球打中了她的脸颊。命运造访时，通常不会和你打招呼，只那么蓦然闯入，以彰显自己的神秘莫测。

被足球击中的那一刻，声一小姐觉得一侧的耳朵里像炸裂般，让她不由得眼前一黑蹲在了地上，手用力堵在了自己的耳朵上。脑中的混乱和皮肤上的疼痛还能勉强接受，让声一小姐越来越承受不住的，是从耳朵深处浮现出的渐渐清晰的聒噪声。

声一小姐用手捂住的耳朵里，像被关进了很多声音，那些声音彼此交谈，同一时间嘶吼，言语交织在一起，根本听不清是什么，仿佛在急迫地商量着逃出去的对策，可那些在商量时看上去行之有效的方法，都在最后关头被牢牢堵在耳廓处的那只手所扼杀。

不知过了多久，耳朵里的炸裂感逐渐减轻，混杂在一起的声音也小了很多，但并未完全消失。

声一小姐缓缓地站起身来四处寻觅时，肇事者早已不知踪影，只剩下一个离自己很远的足球，孤独地躺在操场的草坪上，不住地掩藏着自己的愧疚。

"弹得还挺远。"声一小姐一边自言自语，一边摸了摸自己一侧的脸颊，走过去把那个足球捡起来，盯着看了一会儿，随后把它放在地上，走了。

从那以后，不时失聪的现象便一直陪伴着声一小姐。

第一次出现这种情况的时候，声一小姐甚至都未发现，她只顾埋着头在灯下写作业，丝毫没有感觉到声音已经从她的世界消失了。直到她的妈妈走过来拍了下她的肩膀，声一小姐才吓了一跳，猛地抬起头，看见妈妈正在指着家里的电话跟她说着什么。

她下意识地把大拇指和食指做出一个要捏东西的手势，抬到了耳朵边，才发现自己并没有戴耳塞。可是耳朵里却像紧紧塞上了耳塞般寂静，什么都听不到。

声一小姐从来都是个报喜不报忧的人，自己有了什么事，唯独不想告诉的就是家里人。所以她马上克制住因混乱造成的慌张情绪，从妈妈指向电话的手势，和话筒斜躺在一边的情况，她大概猜出了应该是有找她的电话。

声一小姐走到电话旁，拿起话筒，说了句"喂"，听着无声的空气走过了五六秒钟之后，她又说了句"不好意思，我现在有点事儿，明天再说吧"，就把话筒放在了电话上。

高考临近，声一小姐怕耳朵在英语听力考试时突然短路，决定去医院看一次，她问四迷，能不能请个病假陪她一起去，四迷说，请什么假呀，不就是旷课吗。他们约好，第二天在106路电车东四十二条站见面。声一小姐直接请了半天假，四迷打算上完第二节体育课再去找她。

声一小姐来到车站时，看了眼手腕上戴着的手表，离约定的时间还有五分钟，见四迷还没到，她就站在离站牌稍远些的一个卖衣服的店铺边站着，如果有熟人路过，她能迅速躲进店铺里。如果家里人知道了她去医院，还是和一个男生一块去的，又免不了一番麻烦。

五分钟过去了，人群中没有四迷的身影。一个又一个五分钟过去了，在第四个五分钟过去后，声一小姐远远地看到四迷一瘸一拐地从胡同口朝着她的方向蹚来。

四迷算了一下时间，本来下了体育课之后，骑车去106车站，时间绰绰有余。可没想到的是，在投篮下落的时候不小心踩了同学的鞋，四迷的脚踝顿时肿了起来。他坐在操场旁边的水泥石台上休息了一会儿，还没等下课，就走出了校门。因为无法骑车，他只能慢慢地朝着车站蹚过去。

还好，声一小姐一直笃定四迷会来，四迷也一直笃定声一小姐会在车站等着他。在那个通信尚不发达的年代，也许"笃定"是唯一能陪伴处于等待中的人的"朋友"了。

声一小姐和四迷并排坐在106电车上，声一小姐靠窗口，四迷靠过道，他们没怎么说话。声一小姐不时地看看四迷明显肿起来的脚踝，四迷则被电车上边的钢轨形成的供电回路发出的"滋滋"声吸引着。

他们到达医院的时候，看见医院大厅里挂起的红色条幅上写着："今天是3月3号国际爱耳日"，在这天去医院看耳朵，只是碰巧而已。

医生用探灯仔细地检查了声一小姐的耳朵，又做了电听测，检查期间她和医生说："我不是耳朵一直有问题，而是会突然一点都听不到，然后不知什么时候，又完全恢复了。"

声一小姐陈述病情时，四迷一直在她的旁边尴尬地笑着，不时看看声一小姐，不时又看看医生，这是他第一次作为非病患，在非家长的带领下走进医院，不知道此时自己该做些什么，一片茫然。

医生一直听着声一小姐的陈述，其间打断问些什么，但最后只是"哦"了几声，然后继续把该做的检查都做了全套。声一小姐多希望这时耳朵能突然失聪，以证明自己不是在说谎，但直到走出医院，她都能把每个擦身而过的病患或家属的焦躁呼吸声听得一清二楚。

做了一堆检查，也没有确定性的结论，医生最后无奈地说："要不你抽个积水试试？"

声一小姐说："行。"

在诊疗室里，医生拿着一根拥有极长针头的细针筒，伸进了声一小姐的耳朵，四迷看着那长长的针头一点点探进声一小姐的耳朵里，他的胳膊被她狠狠攥住，随着最后一点完全隐没，四迷感觉自己的尺桡骨都要被她碾碎了。他知道，声一小姐此刻承受的疼痛，只会比这种疼痛更甚。

抽完水又打完药后，声一小姐被告知可以回家观察一下效果，如果没有改善，就可能是相关的听神经损伤引起的神经性失聪，目前对于这类病症，还没有很好的解决途径。在给她开了些药后，那个医生说，只能先这样试试看了。

拿着药出了医院，声一小姐为了感谢四迷，请他在东四一家洋快餐店，吃了新推出的"米汉堡"——两片固定好的米饭，中间夹着一层肉饼和生菜——要多难吃，有多难吃。四迷一口一口把它吃了个精光。

后来，在一次和之前完全相同的世界静默状况发生后，声一小姐就把那些药都扔进了垃圾桶，没有丝毫留恋。

声一小姐不再管听力考试的事情，摒弃了希望，也便放下了所有的顾虑。她在一边看着地图一边把自己带进了一条死胡同后，反而一身轻松，渐渐地熟悉了这种感觉，甚至有些幸灾乐祸地，开始享受起这种失聪时空寂无声的气氛。

声一小姐不再去寻找这个问题的源头和解决方法，因为她总觉得，这像是命运镌篆在她生活中的一个暗示。

"到现在，我也不知道那个电话到底是谁打来的。"有一天声一小姐对四迷说，"也许不是很重要的人吧，否则事后肯定会想办法让我知道的。"

到举行毕业典礼那天，声一小姐心中蓄积许久的对四迷的好感，已经无法悄无声息地继续沉默下去了。她决定把自己抛向未知的深渊，至于深渊下是如叠云般可承托起她的柔软草甸，还是丧钟响起时的枯骨墓场，她已无法考虑更多，只能让命运左右自己的归属——她向四迷说出了自己的心意。

当声一小姐在那棵树荫浓密的大槐树下表白时，生活再次启动了暗示的程序，虽然在全世界都被按下了静音键的空寂中，声一小姐并没有听到四迷肯定的答案，但从他的笑脸和害羞的表情上，她知道他们应该是在一起了。

一片无声的气氛中，那张脸让声一小姐抑制不住地激动。

毕业那年的整个夏天，他们都在一起。

他们有时去图书馆，看一本四迷爱看，可声一小姐不爱看的书；有时去电影院，看一下午只演一部片子的循环场电影。

一次，影片里有一个镜头是男女主人公接吻，男主人公一直睁着眼睛，女主人公便问他："为什么你接吻时要一直睁着眼睛？"看到这儿，声一小姐问四迷："你接吻的时候，会睁着眼睛吗？"四迷歪过头看了她一眼，然后说："不知道，我没接过吻。"

声一小姐在黑暗的环境中一直定定地看着四迷的眼睛，她两只手的手指互相叠在一起，忐忑地彼此抠动，让痛感来减轻一些自己紧张到窒息的猛烈心跳。

四迷在看声一小姐没有别的问题后，就把脸重新转回到了电影屏幕上，然后还在她手中的爆米花桶里抓了一大把爆米花，填进了嘴里。

那一个下午，这部片子一共放了三场，在后两场，每当那个镜头出现时，声一小姐的注意力，都会从电影屏幕上，转移到余光中四迷的侧脸上。

直到他们离开电影院，四迷把声一小姐送到家门口，她还是站在那沉默地看了四迷一会儿，看着他的眼睛。直到最后，声一小姐也没等来四迷接吻时是睁着眼睛还是闭着眼睛的答案。

尽管几乎隔几天就会见一面，但声一小姐却总觉得除了他们正在谈恋爱这个客观事实以外，她并没有感觉到这个夏天和之前几个夏天有什么不同。最直接的证据，就是在每一个和四迷见完面的夜晚，躺在床上本应因回忆而辗转反侧的她，却酣然入梦，并比原来睡得更快更香了。她便更笃定了自己的感觉。

声一小姐甚至想再去医院抽次积水，可以再把他的胳膊紧紧地攥在手里，感觉那份不同。

两个月后，声一小姐去了南方上大学，四迷没考上大学，在复读和工作之间犹豫了很久后，他选择了复读。于是，繁重学业的麻木、时空距离的恍惚和无穷无尽的变化不断接踵袭来，将他们没有任何实质进展的精神恋爱，击碎得无以复加。

他们分开前的最后一个变化，也是让声一小姐鼓起像毕业那天树下告白时的勇气一样，向四迷说出分手的一件事是，她终于知道了，第一次发现自己失聪时接到的那个电话是谁打来的。

声一小姐高中同班的一个男同学，和她一起考进了这所南方的大学。在食堂不期而遇了几次后，声一小姐向男同学说出了自己的困扰——"我不知道，爱情除了最开始那一刹那的甜蜜外，竟还会带来如此孤独的暌违感。"

男同学沉默了一会儿，对声一小姐说，在高中的时候，他曾在声一小姐家附近的一个公用电话亭，踟蹰了很久后，终于在某一个勇气来临的瞬间，给她打过一个电话，在他还没断断续续地背出他要表白的所有话时，声一小姐便打断说："不好意思，我现在有点事儿，明天再说吧。"

那冷漠的寒意，让他的所有幻想瞬间烟消云散。

这时，声一小姐好像明白了生活给她的暗示，将自己的初恋给自己爱的人，待遍体鳞伤后抽身而退，然后和爱自己的人重启生活，感受本应早就来到的爱情的感觉。

　　在那个如遭受了雪虐风饕般的通话后，男同学并没有放弃，尽管他不知道其实声一小姐一直喜欢着四迷，并准备在毕业典礼那天将自己的渴求抛给未知的命运。

　　男同学一直抱着一个看似渺茫的希望，就是和声一小姐考进同一所大学，在那里重新开始。就像是《霍乱时期的爱情》中弗洛伦蒂诺·阿里萨在等了五十三年七个月零十一天之后，终于等到了乌尔比诺医生去世的消息，也终于等到了再次向费尔明娜·达萨表达心意的机会。

　　当然，这个幸运的男同学不用等那么久。虽然声一小姐还不知道自己是不是真的爱上了他，但她还是希望自己能少想一些，用更多的精力去体验当下这种美好的感觉。

声二小姐（失语）

　　在街角的咖啡馆等声二小姐的空当，四迷看了一眼电影票上电影开场的时间，然后随手从咖啡台旁边的报刊架上拿了一本运动杂志看，随便翻了几页后，四迷就停住了翻页的节奏，他看到了一张熟悉的面孔。

　　虽然和声一小姐没有见面已近五年，但四迷还是一眼就在这本运动杂志的广告页上认出了她。声一小姐因一件机缘巧合的事情，开始拍摄平面广告。这件事四迷是知道的，此时想起，又不由得有些感叹。

　　那也是在一个咖啡馆中，声一小姐一边喝着咖啡，一边望着窗外或独自欢笑或双双面无表情的行人。声一小姐不知道，此时作为观察者的她，悄然间变换了角色，变成了被观察者。一个想着拍摄品牌耳机广告方案的大胡子导演，注意到了她。

　　大胡子看着声一小姐，就那么一直看着。在一杯咖啡的时间里，灵感不断来敲大胡子的门，从轻轻地叩动到猛烈地撞击，大胡子丝毫不为所动，他完全沉浸在了和声一小姐同样的气氛里。

几周后，大胡子拍出了从品牌耳机厂商到普通观众，所有人都觉得眼前一亮的广告片。在那个广告片里，戴着耳机的声一小姐，好像屏蔽了世间所有繁杂的声音，只沉浸在一心向往的未知旅途上，专注而享受。后来大胡子对声一小姐说，那天在咖啡馆，她的那种神态，将自己完全浸透了进去，那是一种能感染到所有人的空寂气氛。

声一小姐没有告诉大胡子，那天在咖啡馆里的神态并非刻意表演，而是突然间的失聪使然。虽然不知道那一刻的失聪给她带来的这个机会，是生活给她的什么暗示，但无论是什么，她都会欣然接受，就像她从未后悔错过那个没有接到的电话一样。

四迷拿着那本杂志看了许久，然后叫过来一个店员，他将头稍稍凑近店员的耳边，小声地说：“这本杂志能不能卖给我？”

那女店员看看四迷手指着的破了角的旧杂志，又看了他一眼。女店员有些不知所措，像在确认他是否患有某种精神类疾病般，身体也不由得往后挪了一些。

“您想要这本杂志？”

“想要。”

"这样的话……"这次挪动的不仅是她的身体,她干脆把脚也向后边挪了一步,"我去帮您把店长叫过来。"说完后,她便解脱般一扭脸走开了。

店长倒是个不循规蹈矩的人,听了四迷的陈述后,慷慨地把杂志送给了他,同时送给四迷一个职业微笑。

谢过店长,四迷把杂志放在温热的咖啡杯旁。

当姗姗来迟的声二小姐坐到四迷对面后,刚才那名女店员拿着咖啡单过来,边狐疑地望了四迷手旁的杂志一眼,边问声二小姐想喝点什么。

声二小姐指了指四迷的那杯咖啡,没有说话——她从不和除了四迷以外的人说话——连她自己也忘了这种情况是从什么时候开始的,就像从来都分不清第一片雪花是何时飘落的一样,待发现时,它们早已是漫天狂舞了。

离电影开场的时间还早,他们可以在咖啡馆多待一会儿。

"你上中学的时候,有没有要好的人?"四迷想起了和声一小姐在毕业典礼后的树下告白,便问道。

"怎么个好法?"声二小姐呷了一口咖啡问。

"就是毕业典礼后，会冲动地去告白的那种。"

"三年了还没有发生什么，最后也不会发生了吧。"

"但有时候时间会沉淀一些情感，积蓄一些期待，才能让你在最后一刻获得勇气吧。"

"嗜，我就那么一说，倒是有喜欢的，不过那个男孩，三年就没断过女朋友，一个接一个的，哪儿还轮得上我最后告白呀。"

"是你画了好多素描画的那个男孩吗？"四迷好奇起来，他想起在声二小姐家看到过同一个男孩各种角度的素描画。

"是啊，我专一吧。"声二小姐狡黠地笑笑说。

其实她说话的时候挺可爱的，四迷这么想着。

声二小姐不和别人说话这件事，她从来没有详细地解释，或者说剖析过原因，她只说不知道从什么时候起，就不想说话了。

声二小姐出生在一个普通的基督教家庭里，一直以来她自己认为的"普通"。

每天早上，声二小姐的妈妈总是会让声二小姐进行晨祷，在出门上学时，她的妈妈也会站在门口，双手握住垂在身前，用祈祷文送声二小姐出门，当声二小姐归家时，会看到妈妈以同样的姿势迎接自己。

晚餐祈祷过后，妈妈会先问，今天的食物如何？而这时声二小姐一般都会说，食物看起来十分美味——这刻板无趣的对话就像条件反射，周一过后应该得到的答案一定会是周二一样。然后妈妈会说，我真高兴——同样的条件反射。

在声二小姐将要拿筷时，妈妈会笑着说，把手洗干净吧，让我知道你洗了。声二小姐记得，在一次刚洗完澡后的晚餐，同样的对话进行完后，声二小姐说了句，可我已经洗过澡了。妈妈脸上的表情立刻收敛了起来，她沉下眼帘，一边将口中的食物咀嚼干净，一边说，请再去把手洗干净吧。

周末，妈妈会让家里的司机送声二小姐去教堂，但妈妈从来不去。

有一次，同学来家里玩，她的妈妈在门口用等她归家的姿势迎接她们，然后对声二小姐的同学说："请先把脚洗干净吧！"她的妈妈始终微笑着，让一脸茫然的同学无法拒绝。在浴室洗脚的时候，同学问声二小姐："你家一直都是这样吗？"正在用沾满香皂泡的手指划过脚趾间的声二小姐反问："哪样？"她的同学转回头去，没有回答。

声二小姐有时会问妈妈一些在教堂听来的故事，可无论问什么，妈妈总会用虚无缥缈的理论来打发她，最后转到两性关系上来。妈妈对她一直强调的是，性是魔鬼，会腐蚀掉你一切的生活，当面对魔鬼时，要用虔诚的祈祷来对抗，忘掉这件事，而彻底断绝接触到魔鬼的可能的方法也很简单，远离男人。

在那个已经不知不觉间升腾起了一些叛逆情绪的年龄里，声二小姐曾问妈妈，关于自己爸爸的事情，她不明白，如果要远离男人，那她是从哪儿来的。而这时，妈妈就会重现餐桌前让她洗手时木然的冷漠，让她不敢再问下去。

生活虽然刻板得有些窒息，但每当拿起画笔，在自己的卧室中画画时，她总是异常投入。

"这就像是命中注定的一样，"有一次声二小姐对四迷说，"我从来都没报过美术班，可每当拿起笔时，都会很顺畅地画下去。那一刻的感觉，就像是有人正握着我的手，对我进行指引一般。也许这是命运在为我的失语做准备，毕竟画画是不需要以语言作为先决条件的事情。"

本来她的生活会一直这样循规蹈矩，可就像在声一小姐身上发生的情况一样，命运造访时，通常不会和你打招呼，只那么蓦然闯入，以彰显自己的神秘莫测。

有一次在库房翻找玩偶时——声二小姐想用那个玩偶来练习素描——她无意间看到了一本尘封的相册。

平时的洁净习惯，让声二小姐面对灰尘时本应毫不犹豫地远离，但突然有种预感袭来，相册就像是潘多拉魔盒，一旦打开，便会释放出再也难以捕获的迷幻谶语，于是她默然地拂去相册上那层让她浑身战栗的肮脏灰尘。

声二小姐慢慢地翻开因岁月的腐蚀而黏住的相册。她看到了年轻的妈妈和另一位年轻男人的照片。借着昏暗的光线，声二小姐认出了那个男人。可以肯定的是，他是位大人物，经常在电视和报纸上露面。他出现时，总是被围在一堆话筒和摄像机中间，传达政府的最新政策。

那天晚上，声二小姐一直没有睡着。她听见有人轻轻地打开她的房门，然后坐到床边的地上，开始低声抽泣。这自然是她的妈妈。

声二小姐睁开眼睛，让眼睛适应屋中的黑暗。她没有起身，也没有挪动一丝位置，只睁着眼睛直直地看着她的妈妈，听着她的抽泣和诉说。

"我只是想让你一直在我身边，我什么都不信，也什么都没有了，我只想你永远都别离开我。"

一个小时后，她的妈妈又轻声地站起身，缓缓地关上门，消失在声二小姐所处的空间中。

潘多拉魔盒一旦打开，便再无恢复如初的可能。这个如猛醒后挥之不去的梦中画面般的夜晚，成了声二小姐人生的一个分水岭。从第二天起，声二小姐便不再做祈祷，不再去教堂，不再请同学来家里，不再洗手，不再和妈妈说话了。

在这期间，声二小姐无可遏制地爱上了学校里的一个男孩，只因那个男孩在放学的路上骑车超过她，回过头一脸坏笑地说了句——"我看见你的内衣带儿了，粉色的。"

那天晚上回家后，在浴室的镜子中，声二小姐仔细地端详着自己的身体，并第一次有意识地尝试触摸了它。

声二小姐开始留意那个男孩，发现他是学校里的一个积极分子，在操场上，在校门口，在春游秋游的路上，在联欢会的表演舞台上，总能看到他的身影。直到毕业前，他的身边一直有不同的女孩。

在那句随意的调侃猛地撞碎了声二小姐的心理闸门后，那个男孩远离了声二小姐的世界，直到十几年后的一天，他们才重新有了交集。尽管如此，声二小姐还是不停地画着那个男孩留在自己脑海中的印记，一张张模糊的素描，散乱地撒在她卧室的地板上。

毕业后，声二小姐从沉默的家中搬出来，妈妈每个月会寄给她一笔钱供她生活，她没有继续学业，也没有工作，因为那些都免不了要与人交流。

声二小姐把大部分精力从画画上转移出来，因为有一次她在一个网络论坛上看到了那个男孩的头像，于是她开始每天关注着那个男孩，在知道他非常喜欢看书，并以此为依据，让声二小姐发挥了一下想象力，把他构建成了一名立志成为小说家的落魄文人后，声二小姐也买了一堆书回来，强迫自己看。

当她发现自己根本就看不进去的时候，她就开始了自己的读书计划。一方面为了不失去语言能力，一方面也期待着那个男孩能听到她的读书声。

声二小姐在一个广播平台上注册了一个主播账号，开始读书，她有着充裕的时间，每天在平台上读书的时间都超过十个小时，由于长期专注读书而久坐不动，毫无消耗的她每天只吃一顿饭。虽然用划粥断齑的勤奋努力朗读，但没有经过专业训练的她，却始终难中鹄的。她的读书专辑评论区里，甚至连批评和无端谩骂都收不到一条。

过了不知多久，为那个男孩读书的荒谬信仰就在一种莫名其妙的气氛中，无端地消逝了。

声二小姐仔细想了很多次，也没能找到一个确切的原因，也许是因为她看到了那个男孩在论坛上发的帖子："我可不想当什么小说家，我什么也不想当。"也许只是因为从未得到回应的她感觉有点累了。

不管怎样，声二小姐仿佛被谁面对面地、用不可反驳的语气通知"你不再喜欢那个男孩了"后，一下接受了这个事实，而接受这个事实的第一个标志，就是她把自己所有的书都捐赠给了图书馆，然后很久没有再登录那个读书账号。

又过了很久，她的手机收到一条短信——由于很长时间没有登录，她的账号会被注销。声二小姐犹豫了一下，最后还是登录了。她看到在自己读的完本小说《小镇物语》评论区有一条留言，她打开看了一眼。

"断断续续听了一个月的时间，今天终于听完了，只想说声谢谢。"——这是四迷的留言。

声二小姐和四迷第一次见面，就确定了关系——以声二小姐独住地方的双人床弹簧的吱呀声进行了昭示。声二小姐是主动的那一方。

四迷笨拙地探索着未知的领域，声二小姐无暇顾及自己的不适感，她想到了学校里的那个男孩，想到了他在说"看到了你的内衣带儿"时，自己心脏颤动的感觉。声二小姐闭着眼睛，一直想着这句话，和说出这句话的那两片嘴唇，她把指甲深深地嵌进四迷的后背，在那里标记下了她存活着的证明。

在那天以后，四迷发现了声二小姐在外边从不和别人说话的状况，每次总是四迷替她传声。若非要自己说话，她就会掏出随身带着的纸笔，写下要说的话，无论那有多长。

初尝到另一种爱情滋味的四迷，开始了废寝忘食地攫取。第一夜在声二小姐家床上的昭示，也像是打开了潘多拉魔盒般，只不过这次打开的是四迷的。

四迷每晚都会来到声二小姐家，也不太关注她的心情如何，只关注自己那一点点原始的欲望。发展到后来，甚至一度令人崩溃到，他们在要去看电影或者逛公园前，都要先去声二小姐家一趟，才能让四迷遏制住自己那无穷无尽、黑洞般的欲望，否则他们就没法好好地完整地看完一场电影，逛完一次公园。

这种情况让四迷想要改变，成长总是在不经意间来到，而成长的过程也无法让人完全把握和玩味。就像是一个不停要添饭的人，虽然别人都没有说什么，但他自己却能从一些不经意的眼神和气氛中发现端倪，那些气氛化成了镜子，让正在从锅里添饭的他看到了自己身处的窘境。

四迷开始在每次约会前，都尝试将那些扰乱着他的情绪，宣泄在手纸里。

然而这会儿，声二小姐已悄然恢复了一个正常女孩应有的状态。她走出了家庭带给她的压抑和失语，而在尝试过这种爱情滋味后，她也觉得——嗯，不过尔尔。

他们关系的结束是因为彼此的步调不一致，在四迷已经完成了外面那一层无知躯壳的蜕化，可以像一个有着完整恋爱经验的人一样去爱声二小姐时，声二小姐却已经动起了离开他的念头。

在恋爱关系中相处其实很简单——喜欢的时候在一起，厌烦的时候就一别两宽各自欢喜，这个过程可以循环往复，直到生命将末；但重要的是，两个人的节奏要契合，否则就会像声二小姐和四迷这样，一个想走另一个不放，而一个想来时另一个又不让。

事情往往就是这样，话虽说得清晰明了，然而生活不会让你只靠明白道理并能完整地表述出来，就让你顺利前行。

声二小姐把蜕化后已经懂得了怎么去爱别人的四迷，拱手让给了后来者，并未存一丝留恋。

声三小姐（初遇）

后来者声三小姐，和四迷在一起的时间最长。他们会不时地讨论夏目漱石和他的书，就像他们相识的那天一样。

工作日下午三点半的地铁车厢，空寂得像是末日前微风拂过的街道。

四迷坐在靠门口的座位上看着夏目漱石的小说《我是猫》，声三小姐背靠在门口旁的栏杆上，眼睛一眨不眨地看着隧道中闪过的灯光愣神——后来他们回忆起初遇的场景，声三小姐对四迷说："当你走进车厢的时候，我确实注意到了你。"四迷说："我也是。"

四迷看完一章后把书合上，想休息一下眼睛。他抬起头来，眼神落在声三小姐的背影上，同时自顾自地小声嘟囔了一句："猫君这个话痨……"四迷这句话还没嘟囔完，声三小姐猛地转过身来，看着四迷。

就像在末日空寂的街道上，一片飘然的碎纸也会吸引所有的注意力一样，四迷完全被声三小姐的动作凝固住。他微张着嘴，来不及吞下未尽话语的尾音，只怔怔地望着那个正盯着他的女孩。

声三小姐看了四迷几秒钟后，开始往他身边的座位走去，在这个过程中，他们两个人中间好像有一条无形的引线，让声三小姐绕着四迷走了半圈后，坐在了他身边的空座位上。

四迷不知道这个女孩要做什么，但他看着女孩的脸，仿佛感觉到自己正在期待着发生什么似的。

声三小姐问四迷："你刚才说的是夏目漱石的那句'今夜月色真美'吗？"

当一个陌生人，蓦地向你抛出了一个问题的错误答案，而这个错误又过于显而易见时，你的第一反应一定是先纠正这个荒谬的错误，而不是想，这家伙是谁或这家伙莫不是脑袋有病吧？

四迷就是这么反应的。

他说："我刚才在说，猫……不过'今夜月色真美'这句话，不是夏目漱石说的，那只是愿意相信浪漫的人们，一直在传颂的一条关于夏目漱石的浪漫蜚言。"

声三小姐说："不可能吧，我看杂志上一篇关于日本恋爱课的文章，还提过这件事。"

四迷把手中的书翻过来，将正面朝上，展示给声三小姐看，然后说："夏目漱石的所有书我都看过，关于他的奇闻趣事，我也关注着。你说的这个，关于把'I LOVE YOU'翻译成'今夜月色真美'的事，其实是……"

那天，无所事事的两个人，坐在环形地铁车厢里，从末日空寂的街道，坐到嘈杂的集市，又坐到人群渐渐散去，在末班车行驶到积水潭站后，他们才一起走出车厢，隐没进了灯火都市那并不算漆黑的夜幕中。

这天，声三小姐说了足有一周的话，四迷说了一个月的。

在这个世界上，大部分时间里发生的故事是这样的——

在短暂相处的相对同一空间内（有可能是车厢、电梯、业务大厅、餐馆，甚至等红灯的并排空间），两个毫无特点的平庸男女，他们也许就是这个世界上最默契的两个人。他们能聊得不舍昼夜，曾被同一本书的同一句话触动过，无聊的笑话只有对方能笑到面部扭曲，能用好奇甚至欣赏的态度理解对方某些行为上的怪癖，等等，不一而足。但是他们没有任何机会朝对方看上一眼，即使看见了，也会因为种种原因没有采取任何行动，待这个短暂相处的相对空间失去后，他们两个人便从此各奔天涯，不再相遇了。

声三小姐和四迷是幸运的，因为声三小姐的那一句幻听。

他们确定了关系后，有一次声三小姐问四迷："如果'今夜月色真美'是一句误传的话，你觉得夏目漱石会怎么来表达'我爱你'呢？"

四迷未加思索，说："我不知道他会怎么表达，但有一次，我在书上看到一个特别有意思的情节，第一反应是给你打电话说给你听，那时候我就知道，我完蛋了。"

四迷开玩笑地问声三小姐："那天，你是不是故意和我搭讪的，怎么想，也不会把'猫君云云'听成'今夜月色真美'吧？"

声三小姐本想告诉四迷，那天她一进车厢就注意到了四迷和他手中的那本《我是猫》。就在不久之前，她刚刚读完这本书，余韵尚存，正迫不及待地想和谁讨论一番，只不过她不拥有那种和陌生人搭讪的能力，而不期而来的幻听却给了她这个机会。

声三小姐想了片刻，没有把这些告诉四迷，而是对四迷说出了自己经历过，并一直影响她到现在的一件事情。

声三小姐（幻听）

　　在声三小姐道出这个漫长的故事之前，她先向未知的气氛中抛出一个奇异的词汇——分离转换性障碍症，并就此拉开了对她影响至今的那一段经历的帷幕。

　　分离转换性障碍症，这个看上去难以理解，读上去甚为拗口的精神类疾病的前身，有着一个一眼望去便能让人感同身受的名称——歇斯底里症。这个名称因其带有的歧视性色彩，在现代医学里已经极少用到，尽管四迷甚至并不知道哪些名称是歧视性的，哪些又是正常不带任何感情色彩的，就像爱斯基摩人悄然变成了因纽特人一样。

　　其实，歇斯底里又有什么可歧视的呢？四迷反倒觉得这个词因其本身的畅快宣泄而会让读到它的人产生无限快感。和四迷有着同样观点的人是弗洛伊德，他说，所有的排泄都是快感。

　　名称的改变，并没有减轻这种罕见病症发作时的狂暴，在很多真实案例中，情况比它原有的名字更加让人恐惧，不仅是因为这种病症在个体发作时的难以捉摸，更因为现代科学还无法精确地解释这种病症的集体传染性。

在某些现代文明还不那么发达的地方，这种现象很容易就被归结为神灵或鬼魂的作祟，到底是上帝的惩罚，还是撒旦的试探，也许只有握着纸牌和水晶球的女巫，可以用那些叽里咕噜的远古语言来解释。从物理还原的角度来说，也许科学和超自然之间，还有着遥远而坎坷的歧路。

学业成绩一贯优异的声三小姐，在那个"韩流"来袭的年代，报考了首尔大学的西班牙语语言文学专业。大三那年暑假，她决定留在韩国，一边打工，一边为考研做准备。经当时的室友介绍，声三小姐和室友一起来到了玛丽修道会，这是一家信奉天主教的韩国修女会，在全球十五个地方接收了两万多名学生，旨在为贫困家庭的孩子提供一艘可以躲避风雨、顺利驶向未来的大船。

声三小姐能获得去玛丽修道会打工的机会，源于发生在墨西哥的一个离奇事件。

彼时，玛丽修道会与一名叫作阿洛伊修斯·施瓦茨的美国神父合作，在墨西哥某地创办了一家名为"少女镇"的天主教寄宿学校。那件离奇事件的出现和扩散，让恐慌笼罩了整个学校。

在声三小姐还在首尔大学为了大三期末考试而埋头苦读的时候，

地球另一面的墨西哥少女镇天主教寄宿学校的学生，正在悄然发生着变化。在几个月的时间里，不停有学生倾诉身体上发生的一些让人不安的变化——腿上有刺痛感，有人出现了呕吐、低烧的情况，甚至还有人幻想用自杀来摆脱无妄之灾。

随着这种状况的不断恶化和不可遏制，州和联邦检察员及流行病学专家都被派去检查学校环境，包括空气、食物、水、建筑物表层、土壤，但没有发现任何异常。接着他们开始检测女孩们是否患了布鲁氏菌病、钩端螺旋体病和立克次氏体病，仍然没有任何发现。一拨拨的人都空手而回，没有哪怕只言片语的适当解释。

学校仿佛被施了未知的咒语。

随着日子的无声流逝，情况更加严重了，病患们腿部的疼痛加剧，直到无法行走，唯有卧床能稍微缓解一些病痛，死神仿佛在一步步地逼近。

患病人数在几个月之内达到数百人。联邦政府只能火速从美国调回一名经验丰富的精神病学专家——洛阿·查瓦娜，来尝试和死神沟通，以探明它前来造访的原因。

这场疯狂的灾难，对于总部位于韩国的玛丽修道会来说，本来是不想介入太深的，但时任少女镇院长、韩国籍的邓修女，则表达了需要总部派一名既懂西班牙语又懂韩语的女士的强烈愿望，或许，只是因为身心俱疲，让她太怀念用韩语沟通时那种身处家乡的感觉吧。

对于这件棘手的事情，正好有了声三小姐这个再适合不过的人选，玛丽修道会总部的负责人称她为"上帝派来的天使"。并不知道会有什么风险的声三小姐很愉快地接受了这份工作，并为能去到地球的另一端而兴奋得几天没有睡好觉。

就这样，声三小姐和洛阿·查瓦娜，这两个此时还不知道彼此的命运会纠缠一生的人，前后相隔一天来到了墨西哥。

声三小姐作为洛阿·查瓦娜的助手，来到的第一天就开始了繁重的文件整理工作。在一份调查人员作出的本次事件报告中，一位化名为乔维利塔的十二岁女孩描述了自己的情况："我的膝盖刺痛，背部很疼，我摔倒过，因为同学们背不动我。"

乔维利塔，就是这场疾病流行起来的一号病患。洛阿·查瓦娜示意声三小姐，从这个女孩开始着手调查。

在调查家庭背景时，乔维利塔对洛阿·查瓦娜说，她一直想上寄宿学校，因为家是她渴望逃离的地方。在她很小的时候，父母就离婚了。第一任继父脾气暴躁，而酗酒则让他的暴躁变本加厉，自己和母亲的挨打，几乎成了每次伴随着浓重的酒味而迎来的最普通的日常生活。第二任继父更糟，他打起了乔维利塔的主意。

就在最茫然无措的时候，乔维利塔知道了玛丽修道会，一所提供四年免费教育和食宿的学校。对于彼时的乔维利塔来说，玛丽修道会好像是一个避难所，在这里可以接近上帝，逃离生活中那些难以承受之重。

接着，话锋一转，乔维利塔说了一些她在这里看到的奇异现象。乔维利塔说自己看到了黑色的阴影，听到了不安的声音。她努力祈祷想让自己平静下来，但无济于事。她觉得很难过，整夜整夜失眠，白天虽疲惫却毫无睡意。

然后，她说出了一句听起来像是警告的话："我们必须小心自己的眼睛，因为眼睛会让我们下地狱。"

对话停止了，因为乔维利塔的双腿又开始了致命的刺痛。洛阿·查瓦娜被这种气氛调动得心跳加速，她试图冷静下来，她知道自己必须冷静下来。

在休息的时候，洛阿·查瓦娜对声三小姐说，基于以前的研究发现，当一个信奉宗教的人精神极度脆弱，会感觉那些魔法世界里的恶灵趁机而入，变得极为危险。而没有信仰的人，则不会出现这种感觉。

接下来的几天，洛阿·查瓦娜暂时先停止了调查，而专注于那些事件调查文件中。声三小姐在帮助洛阿·查瓦娜进行归类整理的同时，也和她一起看似漫不经心地在少女镇闲逛起来。

学校占地大约四百八十亩，花园里的草坪和树木都修剪得整整齐齐，草坪上有通往圆形建筑的小路，还有婴儿耶稣和圣母玛利亚的雕像。许多小路两旁都围着高高的树篱，一名警卫、一座安全塔和一面六米高的铁丝网围墙保卫着学校。

几天闲逛，洛阿·查瓦娜注意到这里有太多的规矩——女孩们不能看电视，读杂志，听广播；她们穿着同样的制服，梳着同样的发型，吃着同样的食物；女孩们在同一天庆祝生日，那就是每年8月的学校成立周年纪念日。

这一切像什么？就像监狱。想到这儿，声三小姐不禁打了个寒战，胳膊上痒了起来。

这种如同监狱般的隔离是很全面的。女孩们只在夏天和圣诞节各有两周时间回家。平时不允许和家人通话，可以收信但不能写信，且所有的来信都要先经过一番筛查。

在校园大厅的正中，洛阿·查瓦娜看到了高高悬挂的学校创始人的照片——施瓦茨，一位脸上总是带着和蔼笑容的美国神父。1957年他曾前往韩国，创办过一家孤儿院，最终于1985年在菲律宾开设了"少年镇"和"少女镇"。他的目的是为贫困家庭的孩子提供一个更加光明的未来。

墨西哥的少女镇，是施瓦茨神父与玛丽修道会共同创办的一所连锁学校。

很可惜的是，施瓦茨神父并没有看到学校开学的那一天，他患上了肌萎缩侧索硬化，只能坐轮椅，生命加速流逝。施瓦茨神父是个好人，他想要帮助穷人，但身体每况愈下，他在自传体小说中写到，最后一次离开墨西哥时，他反思了自己在这里办学的决定——

"我总感觉到一种挥之不去的疑虑和无法消除的担忧，我觉得自己犯了个错误，并且可能是我人生中最重大的错误。"他称这所学校为"未完成的交响曲"。

在终止了谈话调查一周后，乔维利塔的情况大有好转，洛阿·查瓦娜决定再和她聊聊，从她来到少女镇的第一天聊起。

就像恋爱一开始总是美好的一样，乔维利塔也把这趟旅途想象成希望的开始。在大巴上，她和另一个女孩雅利亚坐在一起，正是这个女孩告诉了她少女镇免费招生的消息，她们一起参加了考试，并顺利通过。

在临行前的几天，修女们造访了她们所在的镇子，并给她们及她们的父母带来了一个消息：除了她们临行时所穿的衣服，孩子们不能带任何东西，包括但不限于多余的衣服、通信工具、首饰，甚至是母亲的照片。她们必须把头发剪短到耳朵下面两指的长度。同一个家庭不能有多个小孩一起去学校，等等。

修女们向她们的父母解释说：这些近乎严苛的规定是有其存在意义的，她们相信，通过纪律和祈祷，这些孩子们可以在这个半数人口都很贫困的国家里，帮助那些原本可能一辈子囿于贫困的年轻女孩。这些女孩中有些会成为修女，大部分都会获得高中或者技校的毕业文凭。

当载着孩子们的大巴车行驶过少女镇的尖顶大门时，乔维利塔还想着，一会儿一定要和雅利亚在一起。但是刚一下车，她们就被分开了。

修女们把所有孩子带到一座大型体育馆里，乔维利塔被带到一个单独的隔断后面，被要求只着内衣，把其他衣服脱下放在地上。一位修女给了她一件白色衬衫，一条蓝色长裙，一双网球鞋。

"一股陈腐的气味"——乔维利塔这样形容她的这身新衣服。

换上衣服，孩子们被重新带到体育馆大厅集合起来，修女们从她们中间走过，掀起衬衫，查看鞋子里面，翻看歌集，看是否有人从外面夹带私物。当修女们要检查内裤时，一些女孩谎称自己来例假，想蒙混过关，把从家带来的照片留下。但是修女们仍然强硬要求，并把发现的照片毫不留情地没收，不管那些女孩如何无声地抽泣。修女们还一丝不苟地检查女孩的腋下、脸部和比基尼区域，看是否有人做了脱毛。做了脱毛的女孩当场被逐出，驱赶上了回程的汽车。

全部检查完毕后，一位修女走近乔维利塔，然后对照着名单核实了她的名字，最后修女拿出笔在她胳膊上写下：第三期，六楼，圣伯纳黛特家庭。乔维利塔没能和同来的雅利亚分在同一个"家庭"。

在少女镇的第一个夜晚，也是乔维利塔第一次独自一人被完全陌生的人包围。四周寂静无声，她想着"家庭"中另外那几个人毫无表情的面孔，想和她们随便说上几句什么，可她发现，没人说话，甚至连一点呼吸的声音都听不到，似乎"家庭"中有一项明文规定"未经允许任何人都不能发出声音"一样。

不知道过了多久，乔维利塔在茫然中沉沉睡去。

第二天，乔维利塔想去找雅利亚说说话，但她发现这基本上是不可能的，除了安排得满满当当的学习和祷告外，在少女镇还有一条明确规定——个体与个体之间，不允许存在任何形式的"过度"联系。

如果女孩和某一楼层的大修女走得太近，或者反过来大修女和女孩走得太近，这两人就会被分开，重新安排去其他楼层甚至另一幢楼。学生们之间的沟通也会被严格限制，只要两个学生之间有一点点亲密的迹象，她们就会被彻底分开，用各种阻碍去防止她们再见上一面。

接下去的几天，乔维利塔初来前的美好幻想在不经意间都一点点漏得干干净净，就像是找不到缝隙的水池，只剩下干涸的外壳。

此时，乔维利塔还没有出现任何病症，除了每天的谨小慎微和精神压抑外，身体倒是好得可以。

少女镇对于这些未成年孩子的营养健康颇为重视，每天都有富含营养的食物免费供给她们食用，一周鲜有重复的时候。户外运动也相应匹配，修女们会带着这些女孩在阳光下沉默地散步，在树荫下祈祷和歌唱，甚至还会打打篮球。她们晨起和就寝的时间也非常规律。乔维利塔的体重在半年的时间里增长了五公斤，脸上泛起了象征着健康的颜色。

直到感觉自己受到了魔鬼的诅咒前，乔维利塔的身体一直在向着好的方向发展。

解开这个谜团颇费了一番周章，每当触及出现病症的原因时，乔维利塔就会发病，不得不结束当天的谈话，休养几天后，又会陷入下一个无解的轮回。

声三小姐建议洛阿·查瓦娜和少有的几个没有发病的孩子聊聊，也许能获得不一样的线索。她说，中国有句俗话叫"当事者迷"。

洛阿·查瓦娜采纳了声三小姐的建议。果然，在和一个稍大些的女孩了解情况时，洛阿·查瓦娜发现了一个重要的线索，由此锁定了扇动翅膀引起风暴的那一只蝴蝶。

雅利亚，那个把少女镇的消息告诉乔维利塔的女孩，与乔维利塔有着截然不用的性格和个人魅力，她很漂亮，天性开朗，善于言谈，思维缜密，处事冷静，是位天生的领导者。雅利亚的母亲在家乡也很出名，人们都知道她是死亡圣神的信徒，还有一些小道消息声称她具有女巫的超能力，她也从未对此加以否认。

一次，全校女孩去天主教阿纳胡克大学进行校外修行。一名学生发现了一本杂志，里面有制作"显灵板"的指南，这个学生把这件事告诉了雅利亚。在这本杂志中，显灵板被称作"塔布拉"，制作过程很简单：一块木板，两端写着"是"和"不是"，以及一组数字和字母，排列成行。几个人凑在木板的周围，把手放在边缘，让它自己"移动"。

"有点儿像是咱们这里的'笔仙'。"声三小姐对正在屏气凝神听着故事的四迷说。

校外修行结束回到少女镇后，雅利亚——这个充满了好奇心的女孩——决定自己动手制作一个显灵板。

晚上熄灯后，反叛者雅利亚带领不安分的女孩们，利用修女们查房的空隙时间，通过六楼小教堂的一扇窗户偷偷溜出去，在宿舍楼的屋顶平台上玩显灵板。

乔维利塔也在——她太珍惜和雅利亚每次短暂相处的时间了。乔维利塔告诉洛阿·查瓦娜，从那次通过显灵板召唤灵魂后，她便开始看到一些无法解释的影像，听到不知从哪儿传来的声音。

有一天晚上乔维利塔去洗手间，她以为洗手间里只有自己一个人，但她听到隔间里有动静，还有冲水声。她一个隔间一个隔间地查看，以确认只有她一个人。这时，她听到她一开始用的那个隔间里传出了冲水声。

在床铺轮换期间，乔维利塔拒绝睡在任何靠近窗户的床位。她害怕自己会看到些什么——根据其他女孩告诉她的故事，那些在学校死去的女孩的灵魂晚上会在灌木丛中游荡。

与此同时，雅利亚带领反叛者们偷玩显灵板的事情，传到了几个负责的修女耳中，直到事情捅到了院长邓修女那里。邓修女大为不解，她从未听说过什么显灵板。一些在俗的墨西哥教师解释，显灵板和墨西哥巫术有关。她们说，显灵板是"恶魔的工具，能够改变人们的灵魂，让他们做坏事"。

邓修女果决地做出决定：开除雅利亚。

"在这所受上帝庇佑的房子里，这样的游戏是绝对不被允许的。"

雅利亚，一个涉世未深的少女，觉得这只是在无聊的生活中，找点儿乐子而已，何至于如此小题大做。她被最终的裁定彻底激怒，就这样，那个引发了连锁反应的蝴蝶翅膀，也就此扇动。

当雅利亚从自己的宿舍被带走，关在一个远离同学的房间里时，怪事发生了——官方的解释是有"一阵风"刮过房间，但当时没有其他人和雅利亚在一起，没人能够证明这个说法。风砰的一声把门关上，而雅利亚的手指刚好在门缝里。根据记录，门夹断了雅利亚的手指。当她被带走时，鲜血洒满了楼梯和大厅。

乔维利塔回忆说，她目睹了可怕的后果。她说："现场到处都是血。"

在往外走时，雅利亚遇到了一群以前的室友。根据乔维利塔和其他女孩所说，雅利亚就是在此刻扇动了蝴蝶翅膀——她施放了诅咒。准确的话已经无法被完整地回忆起来了，但雅利亚当时传递的信息，就像传染病一样蔓延了整个学校，最后几乎所有女孩都听到了诅咒的某种版本——

"和我同辈的女孩们，每一个告发我或是对我有过不好想法的人都会患上疾病。你们的腿会患病，你们将无法行走，你们会遭到诅咒。"

第二天，就出现了调查报告中提到的情况，一号病患乔维利塔感到腿部刺痛。这种情况逐渐蔓延，越来越多的女孩感到腿上有针扎般的感觉。

疾病暴发后，一些学生很难将现实和噩梦、鬼魂和真人区分开。乔维利塔回忆道，某一个深夜，许多生病的女孩聚集到同一楼层。有传闻说当时一位修女在女孩的床铺中间走来走去，一个接一个地、无声地按摩她们的腿。乔维利塔说自己看到了那个修女：戴着面纱，一言不发。

"那时周围很暗，我只能看到轮廓。而当她走近我们的时候，我发现它不是修女，一点都不像修女，它是一个白色的东西。"

乔维利塔和房间里的其他女孩都认为，来看她们的是圣母玛利亚。

洛阿·查瓦娜和声三小姐还听说了一个关于少女镇刚建成时的事件：学校刚成立时，有一个十二岁的小女孩吐血身亡，她有可能得了肺结核，但没人确切地知道。自那以后，女孩们在各种地方看到她的身影。现在女孩们腿部患病，那个鬼魅般的十二岁小女孩出现的频率更高了，她身着白衣，四处跑着，有时突然出现在楼梯上，有时脸上还有血。

在洛阿·查瓦娜和声三小姐调查期间，媒体也获悉这场神秘疾病大暴发的消息。有摄影组到达学校所在的镇子。忧心忡忡的家长们不顾一切地想去救他们的女儿，他们奔波数百英里将女儿从学校接回家。有些人是从遥远的印第安人村庄，坐了好几天的汽车过来。

玛丽修道会成了媒体关注的焦点，当地报道暗指学校内部存在虐待行为。尽管大修女在公开声明中否认了这些指控，但她私下里也觉得很恐慌。邓修女后来说："我认为我们中间和学校里面存在某些病毒、疾病。我不能在未发现问题原因的情况下将女孩们送回家，因为她们可能会将疾病带到她们的村庄里。"

直到最后离开少女镇，洛阿·查瓦娜也不敢轻下结论，但私下她对声三小姐说，这很像是分离转换性障碍症。

　　"分离转换性障碍症是一种视听传染症。"洛阿·查瓦娜继而解释道，"你必须看到、听到别人表现出相应的症状，才能发现自己也出现同样的症状。如果看到的足够多，你就会变得歇斯底里。这就是歇斯底里症最初名称的来源，它最本质、最可怕的威胁是，人人都是受害者"。

　　关于分离转换性障碍症最著名的一个案例是1518年的舞蹈瘟疫。一位名叫特罗菲的女人开始在法国斯特拉斯堡的街道上疯狂地跳舞，没有人知道为什么。接下来的几天、几周内，渐渐有人和她一起跳舞，最后多达数百人加入这个奇怪的队伍，许多人一直跳舞至死。

　　"在中国古时的军队中，也有相关情况的记录，我们那里将这种情况称作'营啸'。"声三小姐对洛阿·查瓦娜说。

　　在离开少女镇回到韩国后，声三小姐接到过洛阿·查瓦娜的一封电子邮件：

　　现在是午夜两点多一些，我在位于墨西哥城的家中给你打下了这些文字，我也开始做噩梦了。

　　我梦到了雅利亚，看到她被火焰包围着，正在熊熊燃烧，她大笑着不知在向谁宣称，下一个就轮到我们，这是我们的错，因为我们指控了她。

刚才猛醒的时候，我竟也开始感觉到腿部出现症状，尽管我极力克制着，深呼吸，再次深呼吸，我努力地告诉自己，这只是我的精神太过于疲惫了。

精神稍微放松一些后，我展开双臂，向右手点了点头，说："这里是健康的，"然后又向左手点点头："这里是有病的。"

然后我把双手合在一起。一段时间之后，界限就不那么清晰了。

"后来呢？"四迷问。

后来所有留在学校的学生最终都康复了，腿部不再出现症状。一份由洛阿·查瓦娜和其他几位科学家及医生签署的关于本案的最终联邦报道宣称，在少女镇发生的集体瘫痪事件被诊断为"与转换障碍一致的运动性神经障碍"。

"不是，我是问你，后来呢？"四迷问。

"后来，我就经常幻听，当我最初发现这种情况的时候，你能想到我的恐慌。我写了邮件给洛阿·查瓦娜，她告诉我，如果你不能遏制这种情况的话，就接受它，这样，最起码你就不害怕它，不会让你迷失自我了。于是，我渐渐接受了这种情况，有时是一些窸窸窣窣毫无意义的声音，有时则是非常具体的语言——就像那天在地铁里，我听到你说'今夜月色真美'，然后我回过头看到你，还没来得及合上嘴，正那么望着我。"

三个女朋友（尾声）

　　四迷把黑狗的故事分别讲给了他的三个女朋友听，她们听后的反应出奇一致——毫无理由地相信了。失聪、失语、幻听，在接受了别人闻所未闻的奇怪事情发生在自己身上后，还有什么事是她们接受不了的呢？

　　有人说，生活其实就是白开水，无论你掀起怎样的波澜，它还是依旧透明如常。但其实，如果盛这白开水的容器，是一盏五光十色的琉璃杯，然后把它放在窗台上，让一点阳光融入进来，那透明的白开水也会变得璀璨非常。

　　如果拿买菜来类比挑选伴侣时的感觉：我们对于买什么样的蔬菜有着大致趋同的标准，无非就是新鲜、健康、美味、价廉，就像是我们对于"怎样才是个理想伴侣"有着重合度很高的答案一样。但另一方面，每个人爱吃什么菜和不爱吃什么菜，今天爱吃的和明天爱吃的，夏天爱吃的和冬天爱吃的，又会有所不同，这些则属于个体差异，就像每个人最后挑选的伴侣，可能和"理想伴侣"的标准答案有着极大的差异性。

四迷的一个朋友，在找了一个并不爱的人结婚后，曾对四迷说，爱就是降低标准去接纳一个人。然后四迷给她讲了一个故事："我最爱吃桃儿，有一次我找了好几个水果摊也没找到，就在我正沮丧地准备打道回府时，我看见了西瓜，于是我对自己说，西瓜也行，西瓜在夏天吃正合时令，西瓜水分多，西瓜吃了能饱，西瓜这，西瓜那。一番犹豫后，我买了一个西瓜回去吃，吃得也挺爽，但其实我只是没找到桃儿而已，我最爱吃的还是桃儿。"

可能我们在和某一任交往之后才会猛然发现，我们学会的并不是想要什么，而是不想要什么。

四迷和声三小姐最后没有走进婚姻的殿堂或坟墓，他们的分开很淡然，只是在一个宁静工作日下午的恬静咖啡馆里，由声三小姐平静地说出了这个他们两个人都能接受的结果。尽管四迷和声三小姐都没法准确地知晓到底问题出在了哪里，但气氛已经急不可待地昭示了最终的判决。

可能只是由于心中那不时突然袭来的孤独之感。

这种分手是最不可能复合的那一种，因为根本没有哪怕一点儿可能称其为不太满意的原因。

他们分手后不到一年，四迷参加了声三小姐的婚礼。在和新郎新娘合完影后，四迷就离开了那个喧闹的气氛，在声三小姐的眼中留下了一个逐渐缩成圆点的背影。

几年后，他们在街上无意间遇到，随便找了间冷饮店坐下聊了一会儿。

声三小姐对四迷说，现在和她生活在一起的那个人，在他们认识之前完全没有交集，是在快餐店点餐时认识的。他们认识不久，就迅速定下了领证的日子，以此来堵住家人和亲戚永无休止的盘问和哀叹。就连本应好好规划的婚礼细节，也在不到半天的时间就做完了。

四迷问："认识那人，也是因为幻听吗？"

声三小姐说："只有我愿意相信的幻听，才会有接下来的故事。"

第二话
组 合

关联的点连成了线，
汇聚的线穿梭在迷宫里的每一栈。

在栈内稍作停留后，
那些线还要继续往前，寻找最后的终点。

折箩（融合）

坐在钟鼓楼脚下一间小饭馆的二楼露台上，四迷抽了口烟，然后拿起玻璃杯，喝着泡了半片鲜柠檬的冰水。他在等声三小姐。

尽管有很多小时的玩伴跟四迷抱怨，钟鼓楼最好的时代已经过去了，但对于他来说，钟鼓楼还是这四九城里最有魅力的地方之一。

胡同里有些斑驳的墙壁和潮流的文化混搭成了一杯别具风味的鸡尾酒，喝下去，颇有些上头；鸽哨悠扬之下也不缺少躁动的摇滚乐，这些斑斓闪烁、时隐时现的音符，缠绕着那些古早的记忆和逝去的年少时光，躲藏在挂着锈锁的回忆木匣中，喃喃自语着。

自打从小时候住的四合院搬走后，四迷鲜有时间特意来看看钟鼓楼，只是在坐车偶尔路过的时候，才会将眼神一直追随着它们因逐渐远去而不断缩小的身影。

这几天，利用这次难得的机会，四迷把小时候对于钟鼓楼的回忆，搅拌进了眼前的这份新鲜记忆，小火慢烩，再焖上一会儿，使其味道充分融合，形成了一份独特的气氛，凝驻在心里。

四迷所处的这间鼓楼旁的小饭馆现在属于迁溯的一个朋友。迁溯作为最早一批在这座城市里干起饭馆买卖的个体户，却没有一直把他的事业发展下去，他早已离开了这座城市，去海边开了一间海滩酒吧。这间小饭馆就是迁溯在临走前转让给他的朋友的，所有的装潢都是出自迁溯之手，他是个天生的设计师。

饭馆的一楼是操作间、吧台和一个如巨大森林入口般的设计。通过入口，走上一个堪比鼓楼那个狭窄台阶的陡峭楼梯后，二楼的露台蓦然呈现在眼前。

晚上来到这里尤其有感觉——幽暗的灯晕，洒开一圈圈暖昧的昏黄，不经意地落在年代久远的石砖墙上，溅起了点点涟漪，飘飘荡荡推在不期而遇的人身上，将其带回小时候仰望天空的记忆中。时隐时现的音符，缠绕着岁月和忐忑，融化在光华的倒影中，迸发出闪亮的火星，燃出了一片森林。

这儿最有特色的一道菜是"折箩"。

折箩（zhē luó），老北京的一个特有名词，本意为将剩菜剩饭混在一起炒制而成，在这里当然不会用剩菜剩饭，而是用不同家常菜的原材料和调味剂，组合后打散，再重新组合，几经调整，不断打磨锤炼而成。

四迷很爱吃这道特色菜，不仅因为丰富的味觉体验让人难以忘怀，更因为其混杂后相互融合勾连所代表的意义，让四迷觉得，这很像生活最本真的味道。

四迷和声三小姐约的是晚上八点，可他在饭点儿时候就到了。四迷本想请声三小姐和另一位同行而来的特殊朋友吃折箩，可声三小姐说，还是找个安静的地方，不吃饭了，直入主题比较好。于是，四迷在独自大快朵颐后，点了一杯咖啡，一边看着沉默的钟鼓楼和绕着它们不停盘旋的蝙蝠，一边等着声三小姐。

过了晚上八点，声三小姐出现在二楼的楼梯口，和她一起出现的，是一个外国女人。她们坐定在四迷的对面后，声三小姐介绍说："这就是我和你提过的，洛阿·查瓦娜。"

四迷看着洛阿·查瓦娜深棕色的眸子，不禁被那里面透出的神秘感吸引，仿佛在听声三小姐讲她那段经历的时候，自己被不知不觉带入了少女镇那种诡谲的氛围。

洛阿·查瓦娜这次来中国，是作为特邀专家，参加由北京大学精神卫生学院和国际精神心理疾病临床医学研究中心发起的一个共同研究项目，该项目旨在采用一种最先进的影像遗传学手段，对精神分裂症、注意缺陷多动障碍、抑郁症、孤独症、成瘾等病症的发生进行一些突破传统的临床研究。

得知洛阿·查瓦娜将来北京的消息，声三小姐表现出了极大的兴奋和热情。自上次在少女镇一别之后，她们一直有着邮件来往，虽然很多年未曾见面，但也因共同经历过那一场荒谬的灾难，她们在心里颇重要的地方给彼此留出了一席位置。

"喝点什么？"四迷问声三小姐，同时微笑着看着洛阿·查瓦娜。

"白水就好，给她来杯酒吧，能帮助倒倒时差。"声三小姐在咨询过洛阿·查瓦娜的意见后，对四迷说。

在四迷向服务生点这里很受欢迎的一款低度调酒时，洛阿·查瓦娜叽里咕噜地朝着声三小姐说了一些什么。

"先说说你那朋友的事吧。"声三小姐转回望着洛阿·查瓦娜的视线，对四迷说。

与自己的博弈

洛阿·查瓦娜提到的那个四迷的朋友，叫老北。

四迷的失业并不是主动离职，而是由于请假的次数已经多到完全无法跟上团队发展的步伐而被开除的。请假一方面是由于要照顾长期住院的家人，另一方面是由于受到失眠的困扰而无法在白天集中精力完成工作。

在最严重的时候，四迷会长达三天三夜无法入睡。

尽管因为困意的光顾，四迷经常受到"恍惚间失去意识"这种情况的折磨，可只要他一闭上眼睛，脑袋中的一部分就像被接通了电源一样径自开启，数不尽的凌乱片段拖着犹如彗尾般的璀璨轨迹，在他的眼前飘然划过，来来回回地穿梭，看不到开始的源头，也根本没有结束的迹象。

四迷尝试过去医院找寻解决这个问题的方法。其实在带着家人到医院看病之前，生活了三十多年的他，连去医院挂号都不会。"生存能力都是在现实生活中被逼出来的"这个理论，到了这时他才真正地体会并认同。

四迷就在家人就医的医院挂了号。一开始，他去的是医院的睡眠中心，经过几个疗程的辅助治疗不见成效后，他被转到了神经内科，继而又被转到了精神科。

在这期间，四迷接受了细致入微的心理辅导，包括冥想法、肌肉紧张和松弛法、转移注意力、倾诉和释放等，但都毫无用处，只有在吃过几次缬草根后，他才短暂性地进入了浅睡眠阶段。可就是这只持续了不到一个小时的模糊睡眠，最后还是融化在眼前闪过的记忆碎片的彗尾里。

四迷不得不开始连续请假，直到最后被开除，他连一天完整的班儿都没再上过。

失业后，四迷的睡眠一点点地回归了。他也终于有了一些时间，可以逃离医院压抑的环境，回到家里踏踏实实地准备睡觉。

在放下了一些工作上必须承担的责任后，四迷可以把全部精力放在照顾家人身上，这可能是他开始恢复睡眠的其中一个关键因素。尽管每天的睡眠还是会因闭上眼时想起的各种琐事搅扰而只有两三个小时，但相比从前，这已经是很值得欣慰的进展了。

两三个小时的睡眠也并非连绵持续的。有时候，一阵疼痛会把四迷从睡梦中刺醒，那是从头皮深处传来的浓厚的痛感。

一开始，四迷不明白这痛感是始自何方。于是，他特意买了一个摄像头装在自己卧室的墙角一隅，并连接上了一个足以存储几个月录像资料的硬盘，以随时看到那奇怪痛感的来源。然后，他从不很清晰的影像中看到了自己如坠噩梦般的表演。

演出的大幕徐徐开启——

刚刚睡着后不久的四迷，缓缓地抬起胳膊，把自己的一只手送到了头顶，手指在头发中摸索着，摸索的范围随着眼球在眼皮下不断地转动而逐渐变小。四迷隔着电脑屏幕看着自己用手指把头发缠绕成了一个死结，手法如此娴熟，似从某位声名显赫的戏法者那里习得。然后那根不安分的手指，又不断地从那个死结捆绑住的两绺头发中间撕扯，想要冲破死结。手指就像是一往无前的屎壳郎一样，有着自己坚定的鹄的，誓要扫除前方障碍，无论那是什么。

最后，电脑屏幕中的四迷，随着几根头发被扯断后头皮传递过来的疼痛，而缓缓睁开了眼睛，看了看黑暗中自己半抬着的手指。此时的四迷，或彻底醒来，一脸茫然地望着天花板；或不明所以，在迷迷糊糊中再次尝试睡去。

看到这番影像，四迷觉得是因为当下自己的处境，让心里的焦躁，化作无意识行为。而后他又想起了家中的一位长辈——自己身体中某些特殊基因传递的上游——他在一次意外中摔断了一条腿，医生对他说，这条腿能不能好起来，靠两件事，一是运气，二是能不能坚持锻炼。于是，那位长辈每天将自己的腿绑在从房梁顺下来的一条粗绳上，然后拽着绳子的一头，用力地扯动，让绳子带动腿向上抬起，每次扯动，他还会闷声说道："我让你抬不起来，我让你抬不起来。"

最后，那位长辈的腿恢复如初。四迷想，焦躁可能是一方面，另一方面则是身体内家族执拗的基因，在此时不合时宜地站在聚光灯下，开始了自己孤独的演出。

不管怎样，只要能睡上一会儿，对四迷来说便是好事，这可能还要感谢另外一个人，也是他恢复睡眠的另一个关键因素。四迷找到了一个和自己一样的人，一个可以尽情倾倒心事的"树洞"——老北。

在医院那段漫长而煎熬的陪床日子里，四迷变得更加沉默，之所以说"更加"，是因为他本身就是一个很沉默的人，或者说，他愿意当一个很沉默的人，尽管在外人看来，怎么也无法把他和沉默联系起来。

上学的时候，他就经常在课上因接下茬或者和老师顶嘴而被轰出课堂，对此他倒是乐于接受，正好可以去操场上打篮球了。在朋友聚会时，他总是那个调节气氛的人，大声说着笑话自嘲，或抖出谁的幼稚往事。也许这个世界上只有声三小姐了解他的内心。

有一次四迷问声三小姐，喜欢他什么。声三小姐说，一开始就是一见钟情，后来慢慢接触着，觉得他是一个安静而孤单的人，这种气氛让她很着迷。安静而孤单——当四迷听到有一个人这样评价自己时，不由得窒息了几秒钟。四迷心中浮现出一种骄傲的感觉——这个留给声三小姐的印象，让他很满意。

曾经有一个女孩对四迷说："我觉得你好像不太喜欢被人管，给人的感觉是这样的。"

有时候一个人带给其他人的感觉特别奇妙，明明自己呈现的是"坚定不移"，却给别人以"顽固不化"的印象。

这让四迷想起，在圣诞节前夜，有一个朋友送了他一瓶酒，他不认识，上边全是外国字。在这之后不久，快过年的时候，另一个朋友也送了他一瓶酒，这回他上网查了资料之后才知道，是一瓶尊尼获加蓝方威士忌。连续两个不太熟的朋友送给四迷的都是酒，这让他很是诧异。于是四迷就接上那个说"我觉得你好像不太喜欢被人管"的女孩的话，反问她："你觉得我长得像能喝酒的样子吗？"她告诉四迷："你长得像特别能喝的样子。"

奇怪吧，四迷这个滴酒不沾的人，竟无意间，给人能喝且喜欢喝酒的感觉。四迷想告诉她，我不喜欢喝酒，觉得那玩意难喝，啤酒苦白酒辣，喝两杯就蔫菜了，第二天还脑袋疼，纯属找罪受，不如喝可乐。顺便再告诉她，我喜欢被人管，甚至想体验一下被抓进监狱，三餐不愁，还有住房，风刮不着雨淋不着的，我倒是真想体验一下那种感觉，生活都被安排好了，我可以放下一切困扰的想法，只要去经历就行了。

四迷始终不明白，为什么自己会刻意地展现一些外向的情绪，而把真实的自己裹挟起来。虽然给大多数人外向的印象，但四迷对一件事始终有着自己的把控——他一直以来都有意回避着和别人保持亲密的关系。

交往过密的身份，会让四迷感觉到一种难以名状的压力。这种压力来源于要维持这种关系时，所要付出的那些情感。同样，在以"朋友"这个身份和别人相处时，那些人想从自己身上希求得到的东西，他也怕因自己给不了或无法做到尽善尽美，而让那些人失望。

四迷在医院夜以继日地陪床期间，有一些朋友知道了他当下的处境，也有朋友说想来看看他，吃个饭，或者哪怕只在医院外抽根烟，聊聊天，但都被他婉拒了。

有时候，我们都以为自己有着良好的共情能力，同时也希望坐在对面的那个听着自己倾诉的人也有着良好的共情能力，可事实却是，谁都没法真正地理解另外一个人，更别提他的处境了。

四迷就是在这种气氛中认识的老北。

老北其人

老北其实并不老，名字里也没有个"北"字，但他就是喜欢让别人这么喊自己。老北看上去和四迷年纪相仿，或许只比四迷稍大上一两岁，至于他为什么自称老北，原因则不得而知。

老北也是这个医院中某个病患的家属，四迷带着家人做检查的时候，在走廊里认识了他。

那天，四迷和护士推着卧床不起的家人来到了检查室后，就在检查室外边的走廊长椅上坐下，茫然地望着关闭着的门，也许不是茫然，只是疲惫或者麻木，让四迷的脑袋里容不下什么思考，而看上去显得有些茫然罢了。

——不知道池子里的那些金鱼被运到什么地方了。

一个声音飘荡在空荡的走廊里，瞬间便击碎了这里的寂静。

四迷朝旁边歪头看去，一个人站在走廊窗口处向外望着。刚才从检查室出来时，四迷并没有发现走廊里有人。他朝四周环顾了一番，除了自己和那个人以外，走廊里没有其他的人。显然，那人在自言自语——四迷这样想着，准备转回头去继续自己的茫然。

就在四迷把视线转动一定角度的时候，从余光中，他看到那个人朝自己这边望了过来。四迷下意识地又转过头，看着那个人正在望着自己，朝自己微笑了一下。四迷机械地把嘴角也上扬了一下，并不由自主地挺直了一下身子，他感到有一些尴尬，不知道该做什么好。

——哎，我说，你知道吗？那些金鱼现在运到什么地方去了？

那人看了一眼四迷，又朝窗外花园中的假山池望去，接着说：

——八成儿你也不知道吧，呵，看你这样子也不像是工作人员，所以不知道也是正常的。不过，实不相瞒，我觉得这事儿做得可不地道，他们把金鱼运走的时候，应该在那个假山池子里竖块儿牌子，上边儿写着，金鱼已被安全运送至哪儿哪儿哪儿了，这才像话嘛。要不然，如果有谁和那些金鱼们已经产生感情，现在却见不到了，你说有多着急。哎我说，你是真的不知道它们被运到哪儿了吧？

四迷收回了"那人是在自言自语"这一想法，然后站起身，走到了那人的旁边。四迷闻到了一股烟味，想必这个人刚抽完烟，弄得他也有点想抽烟了。四迷下意识地摸了一下裤子口袋，然后想起烟放在了自己的包里，没随身带着，他随即朝窗口外望去。

窗口正对着医院中间小花园的一个假山池，俯瞰过去，一览无余。天气暖和的时候，当假山池里蓄满了水，就会有群不谙世事的金鱼游弋在里边，绕着一座在它们看来巨大无比的假山，不停地摆着尾巴荡漾。但在这乍暖还寒的初春时节，喷水池里的冰还未融尽，更别提金鱼的身影了。

"不太清楚。"四迷被薄透的冰面反射过来的阳光晃了眼睛，简短地进行了回答，显然他还没有完全消除那种尴尬感，对这种不明所以的搭话有些不太适应。

——不清楚吗？你说不太清楚的意思，是从来没想过？还是根本对这件事没什么兴趣？要知道，这可是完全不同的两种意思。

那人转过头看着四迷问。

"从未想过……不过，被你这么一问，我还真有点儿想知道。"四迷感觉自己有些兴奋，空落的脑子中注入了些疑问，让他体内的不知什么被调动了起来，甚至透出了那么点儿高兴。这真是久违的感觉。

——我跟你说吧，咱俩可是一样的，说起来你可能不信，不过实不相瞒，咱俩的想法，简直是像一个模子里刻出来的，如出一辙。我以前也没想过，但今儿个不知道怎么，突然一下儿就对那个东西来了兴致。想想在医院这么长时间了，从短袖换到了棉衣，都从来没注意到它们的消失，这些可怜的小金鱼儿，到底是从何时起，以何种手段，被置于了何处呢。

那人絮絮叨叨地，自顾自说出了一大堆话。

其实，发起一段对话需要至少两方的配合，而结束对话，只要一方决定就够了。四迷本可以在那人说完这些话后，以一句"是啊"结束对话，然后转身坐到椅子上，重新回归到自己的茫然中。但四迷体内被调动起来的那么一点久违的高兴感觉，在此时像是在心中干燥的纸团中投入了一闪火星般，让他有些难以抑制地想和这个人说说话。

"你是，有家里人在这儿？"四迷问那人。

——嘻，除了在这儿上班没辙以外，谁没事跑这儿来呀。您还真说着了，就在那屋里检查呢。

那人指了指旁边的一个检查室，然后继续说道，

——我见过你几次，几次是个虚数啊，可能十几次，反正脸儿熟了，你是，陆陆续续来有几个月了吧？

"半年多了。"四迷说出这个时间的时候，自己也觉得有些不可思议，在医院的生活并没有想象中那么难熬，虽然每一天都过得漫长而压抑，但回过头看时，那些时间竟快得仿佛未来得及留下丝毫痕迹。

——嗯，不用多说，从你的表情就能知道，看来也是麻烦事。都说相由心生，一点儿也不假，也许问得冒昧，我先道个歉，多多包涵啊。您家的那位，是治疗呢，还是到最后阶段了？

"最后了。"

——哦，那咱一样，一模一样，分毫不差，实不相瞒，我这边也是到了这节骨眼儿。家家有本难念的经，老话说得可真是不错。

四迷看了那人一眼，但并未从他看似轻松的语气中，觉察出掩藏什么的迹象。或许到了这个阶段，反而放松了下来，当那些繁杂的治疗方案都逐一被从执行计划表中抹去的时候，专注好最后的一些事情，是这个阶段给人唯一的安慰。

四迷有点羡慕这个人放松的状态，他仿佛是作为被单位派来的一个慰问人员，来医院看望不怎么熟悉的同事一样。

后来他们还说了一些话，四迷记得说了很多，把那几个月没有说的话都说了出来，但奇怪的是，那些话就像飘然逝去的几个月时间一样，丝毫未在他的记忆中留下一抹痕迹，想不起哪怕一星半点。

在检查完毕后，四迷和护士一起推着病床准备回病房时，窗边的那个人朝着四迷的背影说，

——叫我老北就得。

四迷由于推着病床，无暇顾及回头，他只是大幅度地点了下头，以让老北知道他听见了。

在拐过楼道尽头的拐角，扭过身子之后，四迷朝着刚才老北站着的方向望过去，那里已是阒无一人，只有一片阳光穿透不那么光洁的窗户洒进来，孤独地落到了他们刚才聊天的地方。

从这以后，四迷经常看见老北。

有一次，四迷和老北在医院楼下的小花园里聊天的时候，他问老北："你说原来老碰见我，可我怎么没见过你呀？不过现在倒是老碰见你。"

老北说，这可能是心理作用。就像"孕妇效应"——当一个孕妇走在大街上时，她会发现，怎么总是能碰见孕妇；当你穿了一件新款衣服时，你会发现，怎么这么多人都穿这个牌子的衣服。其实，这是因为某个偶然因素，随着你的关注而让你产生了这是个普遍现象的错觉。"孕妇效应"来源于卡耐基的一个论点：每个人的特质中有大约80%是优点，20%左右是缺点，而当一个人只关注自己的缺点时，会促使他发现身边也有很多类似缺点的人。

"你懂得还挺多啊。"四迷说。

——嘻，久病成医嘛，实不相瞒，我以前看过心理医生，倒不是我有神经病，就是觉得心里不痛快，找心理医生聊聊天儿去。在看心理医生之前，我也看过这方面的很多资料。四迷老弟，你知道，这就跟去花卉市场买花儿似的，那么多品种，你要是不先做做功课，那岂不是人家说什么就是什么了，干等着挨坑。

四迷看着老北的侧脸，他想问问老北得了什么心理疾病，但他从老北有些无光的眼神中发觉，现在不是问这种问题的好时候。

不管是心理作用还是别的什么，总之，在认识了老北后，四迷变得不再刻意展示虚假的外向，不再裹挟真实的封闭，他经常在家人没有治疗或睡觉的间歇，和老北在医院的小花园里待着，有时会聊一些无关痛痒的话题，有时则什么都不说。这是四迷第一次感觉到，沉默地和另一个人相处也会感觉到舒服。

虽然两个人沉默的状态也会偶尔光顾，但在他们两个人相处的大多数时间里，还是老北一直在说话，尽管大部分都是废话。要说对老北的第一印象，四迷想到唯一的一个词就是絮叨。四迷其实挺羡慕老北，像老北这么健谈的人，人缘肯定不错，走到哪儿都会是人群的中心。

四迷想，可能因为老北把谁都能当成是树洞来毫无顾忌地倾诉，所以他才会在这个本该压抑的时刻，还能如此放松吧。

树洞

　　家人的离开虽然突然而仓促，但早已做好心理准备的四迷并没有过分慌乱。在老北的帮助下，四迷完成了最后的一些必须承担的责任。那几天，四迷一直情绪稳定，大部分事情都在按部就班地进行，这种冷静让他也有些惊异，仿佛作为一名入殓师，在做着自己的本职工作。

　　四迷也想让自己悲伤起来，却像越想睡觉就越睡不着一般，那情绪迟迟未到。四迷也告诉自己，悲伤就行了，千万不能哭，因为哭这玩意很奇怪，不哭便罢了，若一旦开始哭起来，可就完蛋了，准没完没了。

　　稳定的情绪一直持续到告别的那天。办完一切手续回到家后，四迷蹲在床前，整理散乱的一些票据和凭证时，一股巨大的洪流自他的心上腾起，歇斯底里般直冲上他的头颅，四迷在一种莫名的气氛中，如此真切地感觉到了相隔的味道，那是喷涌而出、无法抑制的咸水顺着嘴角的缝隙，挤进口中时尝到的味道。

四迷无力地坐在地上，额头枕着那些票据和凭证，放任这迟来的悲伤肆无忌惮地将自己玩弄于股掌之中。

四迷感觉到有人站在他的旁边，微弯下腰，一只手放在了他的背上，没有别的动作，只是轻轻地放着。那是一只透明的手，还未舍得离去的无形之手，在陪伴着他和他的悲伤。

四迷坐在地上，双手撑在床的边缘，和伏在他背上的那只无形之手一起，在虚脱的感觉中恍惚睡去，直到他听到了几声轻轻的敲门声，以及老北的自报家门。四迷不记得什么时候告诉过老北自己的住址，但是此刻他已经无暇从记忆中去寻找这本不重要的事情，他的所有精力都在抵抗着险些晕厥的感觉，努力让自己站稳，走到门口。

——四迷老弟，你怎么样了？

老北问他。

"太饿了。"四迷说。

打电话叫了比萨后，四迷坐在床边，递给老北一根烟。老北接过烟后叼在嘴上没有点燃，而是转身把床上的那些被咸水浸湿而还未干透的票据和凭证分门别类地整理好，放在了一个透明的塑料袋子里。

——我说四迷老弟，我可是从未看见过你流露出伤感的情绪啊，这几个月以来，一次都没看见过，我还以为你是和我一样乐观的。

老北一边按牢袋子的纽扣，一边对四迷说。

"可能你是乐观，而我是坚强，虽然我们表现出来的状态都差不多。"

老北长长地"嗯"了一声，然后说：

——四迷老弟，你这话简直是一语中的，不过要我说，如果怎么都要经历这样的事情，那早经历比晚经历要好，理由嘛，自然说不出来，只是有那样的感觉。我不像四迷老弟你，有这么牛的总结能力，实不相瞒，我就粗人一个，脑子里想什么是一回事儿，嘴里说出来就变了味儿。不管怎么说，这件大事儿也算是办完了，以后有什么打算？

"不知道什么时候是'以后'这个时间节点的开始。"四迷说。

——行吧。要我说，四迷老弟，你就先好好睡上几天，拉上帘儿，昏天黑地的那种，往桌上放几瓶矿泉水，还有面包香肠，渴了就喝口水，饿了就啃口面包，想撒尿了就去滋一泡，喝了吃了尿了之后就接着睡，彻底排空一下，然后再做打算。要是想找人聊天儿了，我随时，反正咱们住得近。

老北顺着窗户向外指着。

"对了，"四迷突然想起来，"你怎么知道我住这儿？"

——怎么了四迷老弟，你告诉我的呀，这都不记得了？有一次咱俩在假山池子那聊天儿，说起住在哪儿，才发现咱俩竟然是一个小区的。

四迷本打算回忆一下，但刚一启动回忆的开关，那开关就像是电路输出的总负载过大般，"啪"的一声掉了闸，再想合上，却怎么也合不上去了。

"你是怎么扛过那段时间的？"四迷指的是老北的家人在前一段离去的时候，那时四迷正处于全天二十四小时在医院寸步不离的阶段，所以他完全没有帮上老北的忙。

——靠一个随时都有时间能陪着我的"朋友"。

老北简短地说。

老北说的那个随时都能陪着自己的"朋友"，是一种烟，他托朋友从国外带回来的，除了正常的烟丝外，里边还含有大量鼠尾草——一种新的可产生致幻效果的精神活性物质。

老北从兜中掏出一个锈迹斑驳的扁铁盒，扁铁盒里有四根这种烟，看上去像是细的雪茄，没有过滤嘴，外边的烟纸也布满了粗糙的毛茬。他拿出一根，径自叼在嘴上，然后合上了扁铁盒，并没有要给四迷一根尝尝的意思。

老北走到窗口边，把窗户打开，点燃了烟，狠狠地吸了一口。老北把手放在窗外，让燃着后升起的淡蓝色烟雾不至于飘到屋内。

——我不会劝你也吸，最好连味道也不让你闻到，毕竟每个人都有自己的一套对抗世界的方式，人人不同。方式虽多，难的是找到适合自己的那种。所以四迷老弟，对于你问的那个问题——我是怎么扛过那段时间的，实不相瞒，我没法给你建议。

老北说完，又狠狠地吸了一口，一根不长的烟，就只剩下一半了。

"有多久了？"四迷指了指老北放在窗外的手指上的烟问。

老北没有回答四迷，或许此刻他已经沉浸在自己的旖旎世界里了。

四迷忐忑地盯着老北，想着他会不会突然哼着调子舞起来，噙着泪狂笑不止，甚至仰着头张开双臂，从这里一跃而下。四迷身体绷紧，准备随时冲上去拽住老北。可老北没有表现出我们习惯印象里那些沉迷者的样子，他只是静静地看着窗外，安静得像一塑石雕。

那份静谧太不寻常，四迷看着老北，他的头发渐渐变得透明，头骨也随之清澈起来，整个头颅从侧面看上去，脑子所应在的位置上已经完全透明。可老北还不知道，他的眼睛还在一动不动地注视着窗外。

　　四迷看着老北头中的那团透明，从透明中已经升腾起了绚烂的色彩，那些色彩汩汩地流动着，虽然缓慢却很真切地淌来淌去，形成了一圈圈涟漪，像一盆被轻轻敲击了盆边的、微微颤动的水波一样。

　　抽完烟后，老北躺在了四迷的床上，沉沉睡去。他躺在枕头上的透明脑袋里那些飘然的色彩，映在了枕头上，让四迷心驰神往，仿佛轻轻摸一下，手指就会蹭上快乐的颜色。

　　老北醒来后，时已近傍晚。在老北径自熟睡的这段时间里，四迷的心情是烦躁的，他本想自己安静地待着，但家中却睡着一个普通的朋友，还是在四迷正处于人生低谷的这个时刻。

　　四迷无法在一个地方多坐一会儿，而站起来在屋中踱了几圈后，他又疲惫地不想再动。就这样，他不时地坐下，随即又站起来，随便拿起看见的什么东西，然后又把它放在原处。他走走停停，几次想要把老北喊醒，直接请他离开，可在走到他身边的时候，又被一种无力感束缚住了接下来的动作。

　　直到夕阳将要隐没自己的最后一线光辉，老北才伸了个懒腰，揉着惺忪的睡眼从四迷的床上爬了起来。

老北起来后，端起桌上的水杯，去厨房接了杯凉水咕咚咕咚地灌了下去，然后返回屋中。

——四迷老弟，我这一觉睡的时间可真是不短了，踏实。实不相瞒，好久没睡得这么踏实了。不是我恭维，四迷老弟你这床还真是舒服，软硬度恰到好处。硬床我是睡不惯的，一躺下就浑身较劲，睡醒了之后脖子都是僵的；软的也不行，我试过，太软的话，这腰，哎哟，那滋味就甭提了。对了，咱是不是该吃晚饭了？我说四迷老弟，你这有什么现成儿的吃食没？

四迷耐着性子听完了老北的唠叨，那些本已凝聚起来的怨气，也在老北的唠叨声中化为了乌有。

他平静地对老北说道："老北，你知道，我现在只想自己待一会儿，没有别的意思，只是我习惯自己去消化一些不好的情绪，抱歉。"

老北没有走。

——四迷老弟，你不感到后悔吗，对于你自己的懦弱和放弃，你甚至连大怒一场，连大吵大闹一番的勇气也没有啊！这其实才是你最后悔的事情吧！你应该感到羞耻！

老北站在卧室的门口，手里拿着四迷的水杯，盯视着四迷。

这几天来，知道了消息的熟人陆陆续续地给四迷打来电话，或在见面的时候用眼神和语气传递给四迷自己的一番心意，这些人里，无论是认识几十年的老友，还是仅仅相处过不到一年的同事，无一例外给他带来的都是安慰或支持。

这些安慰或支持，在四迷此时的境遇下，当然是他们能给四迷带来的最合适不过的一种处理方式，但对于四迷而言，这些都没有起到任何作用。四迷也不知道自己需要什么，只是清楚地知道他们给予的那些，并没有在自己封闭的外壳下，留下哪怕一丝一毫的痕迹。

直到今天，直到此刻，听到了老北的那句话。

四迷终于知道，自己一直觉得压抑在胸口上的那一口喘不上来的气，到底是堵在何处。

当医生遗憾地宣布了"已经没有再治疗的必要"时，四迷没有试图挣扎，他只是望着躺在床上的那个还不知晓最后结果的人，也"顺理成章"地选择了放弃。

"我们都放弃了。我没有想要改变什么，我懦弱地退缩了，我不再抵抗命运，我只想让躺在床上的人快点解脱，同样我也可以得到解脱。但如果我们调换了角色，是我躺在床上的话，我想结果可能会有所不同。他一定会拼掉自己的一切。"四迷像回应着老北的话，更像是一番自我坦白。

"我甚至都没有大怒一场！甚至都没有大怒一场。"

四迷的外壳碎了，随着噼噼啪啪的一阵声音，散落一地的碎片闪着无色的光芒，沉默着证明了这一点。

不可或缺

从那天以后，帮助四迷击碎了外壳的老北不再普通，而变得不可或缺。

四迷经常会在小区里看见老北，有时候是在下楼扔垃圾的那一会儿工夫，有时候是在窗口无意间往外望时，会看到他走在小区的人行道上，不知是要出去还是刚回来。老北也会不时地来四迷家里，像回到自己家一样，翻出冰箱里剩的烤鸡和烙饼，热完后作为两个人的一顿餐食。

老北的出现总是恰到好处，每次都在四迷的孤独阈值将要被冲破时。这个让四迷可以无所顾忌、畅所欲言的人，同时也是可以与四迷一起享受安静的人。要知道，和朋友在一起时最舒服的状态并不是什么都能说，反而是不想说的时候，就可以完全不用说。

尽管和老北相处得很舒服，但四迷其实并不了解老北。现在想想，对于这个经常来到他家里的、同一个小区的人，四迷甚至都不知道他家具体住在几栋几号，他只留给了四迷一个固定电话号码，让他有什么需要帮助的话，直接给他打电话。

四迷曾在一次无聊的晚饭时间打过那个电话，想让老北过来一块儿吃点，可当他打通那个电话的时候，听到的却是语音留言的声音。四迷留了言，挂上电话，不多一会儿，便传来了咚咚的敲门声。

四迷也曾尝试向老北了解一些关于老北的事情，工作呀、感情呀、生活状态、过往经历等，但老北每次都以沉默或别的话题遮掩过去。尽管如此，老北对于当下的四迷来说是唯一的朋友，所以四迷也就没太多想。

不过，对于老北的一些让四迷感到的潜移默化的变化，还是让四迷很是担心。

"朋友"

前几次发生这种情况的时候，四迷总是会"嘿"他一下，或者拍拍他，后来四迷就不再打扰他的暂停状态了，因为当四迷每次打断了他的暂停状态，老北总是表现得很焦虑，就像是我们做了一个噩梦后猛醒时，还会有些悸动的感觉。

四迷很熟悉那种焦虑的状态。这让他想起，当看到了在摄像头记录下的影像中，自己熟练地将头发打结，然后不断撕扯那个死结，直到头发被扯断脱落时的惊诧和隐隐的恐惧。

当四迷不经意地问出了一个让老北出现断片儿状态的问题后，四迷就会像当初老北在医院的假山池旁陪着他一样，安静地陪着老北，等待他的暂停状态结束。

这是四迷还可以控制的。还有一些老北的变化，是四迷无力把控的。

有一次，四迷在窗台边，正往一棵小瓜栗树上喷水的时候，看见老北从他家楼下经过，正往远处走去。

在看见老北的那一刻，四迷停止了手中喷水的动作，他下意识地将身体前倾，险些将小瓜栗树盆栽碰到楼下去。四迷连忙把盆栽放到旁边的桌子上，然后用最大限度前倾身体，以期望能更清晰地看到他眼中匪夷所思的一幕。

老北在空无一人的午后小区里向前走着，一边走，还一边歪着头向旁边说着什么，左手臂自然地抬起，拍了拍"旁边"。可那旁边，除了空气外，什么也没有。老北的所有动作，他的这些迹象，如果在他的旁边有一个人的话，都会显得合情合理，自然得无以复加。

但那里没有人，只有透明的空气，陪伴着诡谲的气氛。

四迷就这样盯着老北的背影，把他送出了自己的视线以外。待回过神来，四迷连忙闭上了眼睛，他的眼睛因长时间没有眨动而灼痒无比。闭上的眼皮上，还隐约能看到刚才的画面，四迷不禁感到后背发麻，但随后释然，因为四迷把老北的这个举动归结了鼠尾草烟造成的结果。

还真的是这样。

在随后一次和老北吃饭的时候，四迷问了他，关于吸食鼠尾草后有什么感觉的问题。问完后，四迷看着老北，看他有没有出现断片儿的情况。这次老北倒是没有出现任何异常，反而饶有兴致，一边将卷着烧肉的一大沿儿烙饼囫囵吞进嘴中，一边含糊不清地给四迷描述那种感觉，那是一番漫长又生动的讲述。

——有一些幻觉出现在我的世界里。说是幻觉吧，又与幻觉的定义严重背道而驰，因为我很清楚地知道那是幻觉。四迷老弟，是不是感觉这话听起来有点绕，少安毋躁，待我慢慢解释给你听。幻觉应该是一种虚假的东西，它以真实的面貌出现，让你信以为真。当然，不管是虚假的还是真实的，总之那是一些快乐的元素。你有没有过这样的感觉，就是当听到一个消息，或者想到一件什么事情的时候，原本波澜不惊的心情，甚至有些低落的心情就突然变得欢愉起来——我指的快乐元素就是这些。有时候是一些图画，有时候是一些感觉。这些东西都传递给我一种气氛，那气氛紧紧地将我裹挟起来，让我绕着它慢慢地旋转，不至于产生不适，反而有一种被环绕起来的安全感。我有时候会和那些幻觉相处，和它们对话，听它们的故事，也回答它们的问题，而更多的时候，我只是远远地看着它们，只看着就能让我快乐，就像看见自己的孩子追着阳光跑，然后"啪嚓"摔了一个大马趴一样。

老北不自觉地轻扬起了嘴角，然后接着说下去，

——但这些幻觉，我从一开始就知道它们是假的。就算我再心无旁骛地想融入进去，还是无法达成所愿。就像是当看到天空中出现了一道彩虹时，你会感叹大自然的鬼斧神工，却无法从内心相信

那是一座真的可以踏上去的旖旎拱桥一样。

——四迷老弟，你知道，我们的知识，剥夺了太多美好的想象，这让我感到遗憾。

就在老北说了这句话的当天晚上，四迷在窗边抽烟的时候，突然看见天空中的一轮满月，又大，又圆，又亮。四迷突然想到，现代人比古代人要无聊得多，因为古代人看到月亮，会笃定那上边有嫦娥有玉兔，会产生"嫦娥应悔偷灵药，碧海青天夜夜心"这样孤独的浪漫。可是科技打碎了一切神秘的美好想象，我们随便找一些资料，就可以把月亮扒个体无完肤，让月亮变成了一块赤身裸体的圆疙瘩。

《时间简史》里有一段是这样写的：

我们生存在一个奇妙无比的宇宙中。只有凭借非凡的想象力才能鉴赏其年龄、尺度、狂暴甚至美丽。一位著名的科学家曾经做过一次关于天文学方面的演讲。演讲结束之时，一位坐在后排的矮个老妇人站起来说道："你讲的是一派胡言。这个世界实际上是驮在一只大乌龟的背上的一块平板。"这位科学家很有教养地微笑着答道："那么这只乌龟是站在什么上面的呢？""你很聪明，年轻人，"老妇人说，"但是，这是一只驮着一只，一直驮下去的乌龟塔！"

大部分人会觉得，把我们的宇宙比喻为一个无限的乌龟塔相当荒谬，可是凭什么我们自以为知道得更多一些呢？暂时忘却你所知道的，凝望夜空，那些星星点点，闪烁着亮光的东西，它们是微笑的火焰吗？它们究竟是什么？

我们需要尊重知识，但也千万别被剥夺了想象。

当老北说"我有时候会和那些幻觉相处，和它们对话"时，也许是四迷注意力全部凝聚在此，对于老北说的其他感觉都没有听进去，只是将这句话，联想到了前几天看到的老北的异常举动上。

四迷判断，是长期吸食鼠尾草，让老北的幻觉已经产生出了一些具体的东西，很可能是另外一个有血有肉的人。这就不难解释老北对着空气说话的行为了。

后来四迷问老北："没想过戒了吗？"

——实不相瞒，实在是没办法戒啊，停掉后失眠太严重了。四迷老弟，你是了解我的吧？应该是的。最起码，我觉得咱们虽然认识的时间不长，但已经可以对得起"朋友"这两个字了。所以应该是了解的。我嘛，根本不是那种矫情的人，你是知道的。什么痛苦啦，折磨啦，郁闷啦，哎呀，就是类似的那些词，我听起来就会起鸡皮疙瘩，一点不瞒你说，我真的讨厌那些成天把这些情绪挂在嘴边的人。不过，四迷老弟，这失眠带来的，可是实实在在、百分之百的痛苦，根本不是我有意为之。谁想呢？你说是不是？往床上一躺，钻进被窝里，掖好被角，让脑袋和脖子都陷在枕头里，那种感觉想想就舒服得无以复加。但十分钟之后，半个小时之后，两个小时之后，你还是以这样"舒服"的姿势躺着的话，那定会崩溃无疑。

真的，不是矫情，是真的痛苦啊。

四迷了解老北，更了解他说的那种痛苦。

"不管怎么说，毕竟那东西也是对身体不好的吧。"四迷说出口，才真切地体会出自己这句话的无力感。果然，老北下面的一席话，证明了他其实也怀有和四迷一样的价值观。

——四迷老弟，我跟你说什么是好的，什么是不好的吧。比如总有人说，别老吃头痛药，那对身体不好。是药三分毒，能扛扛就扛扛，有什么大不了的。好，我们假设舒服是A，不舒服是B——此刻，如果我吃了头痛药，我的情况就变成了A，药对我未来产生的不好的效果是B，所以我吃药的结果是一个现在的A和一个未来的B。如果我不吃药，那我此刻是B，因为我没有吃药，所以未来没有产生不好的效果，所以是A，我不吃药的结果也是一个A一个B。吃不吃药，所产生的结果都是一个A一个B。但——

老北特意顿了一下，眼睛一眨不眨地盯视着四迷，以唤起四迷的注意力。

——要特别注意的是，虽然吃不吃药产生的结果都是一个A、一个B，但两种结果却有着非常大的不同。如果我吃药了，此刻我的结果是好的，而未来是不可知的，甚至我有可能都无法活到那个产生了不好影响的未来。但是我不吃药，结果就会立马显现出来，此刻的我是不好的。所以到底是此刻重要，还是未来重要呢？况且那还是个可能无法到达的未来。所以我的选择是，此刻。

"我明白你说的意思，我完完全全地明白，因为我也是这样想的、这样做的，所以之前我也一直没有劝你戒烟。"

四迷深刻地体会到了，在劝别人做某件事的时候，我们总是强调那个未发生的结果，可到了自己这里，却总是关注此刻的感受。

"或者，能不能找一些替代品，你不说只是因为失眠吗，那找一些失眠药来试试呢？"

可能是因为没有尝试过，所以老北没有对四迷的提议做出结论性判断，而是对四迷讲出了另外一个原因：

——四迷老弟，记得我和你说过的吧，帮我扛过那段时间的"朋友"，除了这烟以外，还有一个"人"，嗯……或者这么说吧，还有一个"朋友"，他叫企次。严格意义上说，企次也是那烟创造出来的。对于这点，实不相瞒，我很清楚，非常非常清楚。他不是实际存在的，而只是幻觉。真的，清楚的程度，就像我清楚四迷老弟你——老北朝着四迷胸口擂了一拳——是个实实在在的肉疙瘩一样。四迷老弟，你知道，彩虹桥，那只是太阳光照射到半空中的水滴，光线被折射及反射，在天空上形成拱形的七彩光谱，而不是一座真的能走上去的"桥"，但如果你愿意相信，那彩虹桥就会给你带来美好的感觉。所以我愿意相信企次的存在。我有时候会和他说话，就像自己和自己对话，什么话都可以说，不用顾及对方的感受。虽然我是个很能交朋友的人，身边的朋友也很多，但企次不同，当然了，还有你，四迷老弟，你们对于我来说，都是非常不同的，就像自己和自己相处一样舒服，你明白吗。

"我……"四迷也想对老北表白一番，但终觉那样会让自己陷入不好意思的境地，遂作罢了，"其实我并没有要你一下把那烟完全戒掉的意思，我只是说，如果治疗失眠的药对你的情况也有改善的话，就可以把那当成是一条退路。多几条路，总比一条路走到黑的好，对吧？"四迷对老北说。

也许是老北感觉到了四迷作为朋友的心意，他没有对尝试失眠药这件事做出更多抗拒的表现，甚至还暂时抛弃了"被帮助者"的角色，帮助了四迷一个小忙。

信

当四迷决定要帮老北尝试失眠药的时候，有一个棘手的问题横亘在他们面前：老北不想去医院。他担心如果医生让他验血，血液中残存的鼠尾草成分会被检出，或者医生凭借专业知识或经验，发现了他的这个秘密，那样势必会造成一定程度的麻烦。而失眠药大多属于处方类药物，在一般的药店无法购得。况且，就算能买到，每个人体质的不同，也会在药效作用上有所差异，不能凭借自己的经验，得到准确的判断。

老北提议，要不就到贴在电线杆子上的那些"地下诊所"去试试，随即便被四迷否决了。

"我们还不到要冒这个险去做尝试的地步。"四迷这么对老北说。

就在事情陷入僵局的时候，四迷突然想起来，前段时间参加同学聚会，虽然四迷没看到声一小姐，但还是从和她一直有来往的一位女同学那里，打听到了一些声一小姐的情况。

声一小姐自从涉足影视制作领域后，就因为工作压力大和作息不规律患上了急性失眠症，所以没办法参加聚会。四迷私下问了声一小姐的情况，那位女同学说，声一小姐在进行物理调理的同时，也尝试服用失眠药，效果还不错。

四迷想给声一小姐写封信，这么多年没联系，他还是喜欢用这种老派的方式，重启彼此的沟通。另一个考虑是，四迷并不知道声一小姐目前的感情状况，如果贸然给她打电话或发信息，不知会不会给她造成困扰，而书信沟通显然更委婉一些。

决定了用写信的方式来沟通，便出现了另一个问题，四迷想以女性的笔迹和口吻来书写这封信，目的也是不给声一小姐造成不必要的麻烦。

四迷把自己的想法告诉了老北，问他有没有熟悉的朋友能帮忙代笔。老北听完四迷的叙述，悠悠地说了一句，可能也只有处于像你当下这种状态的人，才会考虑这么多。

四迷当然没有明白老北指的"当下这种状态"的含义，不过他猜，老北可能指的是孤独。

老北给四迷出了一个主意，他说有一家专门帮人代笔的小店，可以满足顾客各种各样的需求。在老北的带领下，四迷来到了学生时代就曾来过的小商品市场——"宝龙"。

四迷之前是陪一个同学来这里买彼时特别流行的"古惑仔"钢链腰带。那件事没给四迷留下很深刻的印象，所以当四迷和老北一起穿过"宝龙"的门洞，拐个弯走上那条暗淡幽长的台阶时，脑中虽闪过一些记忆，但随即便被岁月的利爪无情地剥落，难觅原貌了。

多年变迁，"宝龙"这里却仍然固守着古早的陈旧和神秘。

四迷跟在老北的身后，好奇地顾盼着身边一个个掠过的店铺，有灯光昏暗的蜥蜴屋，有雕刻火漆印章的小作坊，也有极其普通的文具摊位。

四迷在一家挂着各种小玻璃瓶的摊位前驻足，伸过头仔细看着小瓶子里边的东西，那些躺在彩砂上细小的米粒，像等待有人认领的铭牌般，安静地压抑着自己的期待。

老北的招呼声将四迷的眼神从那些小瓶子上剥离了出来，他紧走两步，和老北站到一个摊位前。

店主是一位清爽利落的女士，她站在摊位里，向四迷做了一个"请进"的手势。坐在古旧的木质椅子上的一刻，四迷不由得挺直了背，一种仪式感油然而生。

女士向四迷交代了自己的身份——一名职业代笔人。她的家庭世代都在传承着这个行业，只不过因为生活节奏的加快和现代网络工具的普及，如今这门职业鲜有机会被大众熟悉。

这位职业代笔人最初并未对家庭世代从事的这门职业有太多的热情，但她自留学日本归国后，却以超乎家人那渺远期许的执着，承担起了这份家族手艺。在那个对匠人精神在意得近乎偏执的国度里，职业代笔人这一职业得到了很好的传承。她深受感染，所以做出了这个决定。

　　生意并非门庭若市，却恰好给了她细细打磨和升华的空间。有很多口口相传的主顾，慕名来到她的小店，请她帮忙代笔。

　　四迷向代笔人女士交代了来意，然后详细地告知了自己与声一小姐的关系，以及这次给她写信的目的。这些都很有必要，因为四迷要全权拜托她来书写这封信，并给声一小姐寄去，所以代笔人女士要很好地体会四迷与声一小姐之间的气氛。

　　四迷告诉代笔人女士，他和声一小姐的"暗号"就是声一小姐的耳疾——如果判断没错的话，这件事应该只有他知道，四迷想。

　　最后，四迷强调：希望用女性的口吻和笔迹来进行书写，并想约声一小姐见个面。

　　"时间、地点都由她来定，我随时都有时间。"四迷对代笔人女士交代了最后一件事。

　　代笔人女士请四迷稍候，然后她从同样印上了岁月痕迹的古旧书桌中，找到了一个小木盒。代笔人女士将木盒中的一杆笔拿出来，放在书桌上。这杆笔的笔身呈现渐变淡紫色，笔尖透明，并非细长状，而是像微微张开一点的南瓜花瓣。

代笔人女士向四迷介绍说，这是一支玻璃笔，已经传了三代，笔尖的八根毛细沟槽可以吸附合适颜色的墨水，用它在欧洲帘纹纸上书写，可以呈现出柔软和煦的感觉。

"是否有特别指定的颜色？我会在需要强调的地方，酌情使用您指定的颜色来书写。"代笔人女士问四迷。

"橘色吧。"四迷想了一下说。他记得上学的时候，声一小姐特别喜欢一支橘色笔油的圆珠笔，后来她还提过一次，说再也没有买到过能写出那个颜色的笔了。

付完钱后，四迷站起身对代笔人女士说："那就拜托你了。"

代笔人女士告诉他，信最晚会在明天寄出，收信地址就留四迷的。

虽然不会有任何类似"发票"或"合同"这样的东西保证，但四迷还是莫名地对代笔人女士产生了信任感。这信任感也许源自那些古早的物件，或是代笔人女士显露出的，在现代生活中罕见的"慢"。

第二天，四迷特意下楼查看了一下信箱。

自家信箱已经很久没有打开过了，现在谁还会寄信呢？就连银行账单、商场宣传册，都不知在何时一股脑地转化成了电子版。四迷也是在想了一阵之后，才从书桌抽屉的最里边，找到了信箱的钥匙。

　　四迷看着锈迹斑斑的钥匙孔，缓慢而滞涩地将钥匙插进了钥匙孔中，转动。他当然知道，就算声一小姐收到信后在第一时间回信，也不会这么快就寄来，但他还是忍不住打开了信箱。

　　迎接四迷期待目光的，除了厚厚的一层灰尘外，还有一点点的空寂气氛。

　　四迷将手缩进袖口，然后从里面抓住袖子的边缘，开始擦拭信箱里的灰尘。那些已经习惯了安稳寂寞世界的灰尘，今天却突然被从天而降的"怪物"惊扰。灰尘于是歇斯底里地叫嚷着，开始慌不择路，四散奔逃。

　　四迷被一些逃出来的灰尘迷了眼睛，几股由于生理反应溢出的泪水，充盈了他的眼眶。

　　虽然如预料中一样，没有看到任何信件，但这让四迷想起了上高中时，经常去校门口的传达室翻看有没有自己信件的感觉。那时的自己无聊又充实，欢愉又愤怒，从未细心体会也根本无需体会生活的意义，心无旁骛得像是养足了一身肥膘，时刻准备着在看见飘雪的一瞬，就钻进树洞里冬眠的狗熊一样。

但现在，自己怎么把生活过成了这样。

带着在下楼前就已准备好的失落情绪回到家后，四迷从一个如同代笔人女士书桌那样印满古早痕迹的塑料盒子中，翻出了十几年前在上学时收到的信。那些信，有在别校上学的同学寄来的，也有本校的未署名女生给他的。

四迷没有拆开信看，因为他怕重新感受到信上文字所传递出的气氛。在当前的状况下，他没法很好地去消化和处理，只能任由那些气氛不断堆砌，最后破坏了记忆中美好的事情。

四迷当然也无从知道原本清晰的字迹，会不会随着时间的逝去而变得浅淡。他只知道——

在他记忆的塑料盒子里装的，是无意中出现的那些甜梦微酣并不愿起床的斑驳记忆；

是出现在眼前的那些模模糊糊并情不自禁地微笑着的脸庞；

是揣摩那些信封时无限激动并深深掩藏心情的澎湃遐想；

是深夜万籁俱寂后听着隐隐蚊声做的那些光怪陆离并可真实触摸的遗落梦境；

是造梦了这些故事的未曾谋面或许擦身而过并无从寻找的她们。

这之后的每天，四迷都会下楼开启信箱，然后默然返回。终于，在离开代笔人店铺后的第五天，四迷在信箱中看到了安然躺着的一封信，信封上写着，四迷收。

声一小姐（十五年后）

　　四迷早早地出发，坐上车前往学校旁边的一个小饭馆等声一小姐。

　　下车后，四迷看了一眼表，距离约定好的时间还很充裕，他想，如果学校开门了的话，可以顺便去里边看看学校的变化，然后再去旁边他和声一小姐经常吃饭的饭馆占个好座位。

　　刚拐进学校所处的胡同里，四迷就远远地看到一个女孩正站在学校关着的铁栅栏门前，往里望着。尽管呈现在四迷眼中的只有一个普通的小小的背影，但四迷还是笃定那就是今天他将面对的十几年未见的女孩。

　　女孩转过身，投来的目光如丝线般和四迷投去的目光缠绕在一起。他们两个人，一个站在原地有些局促地用手择着肩上的背包带，一个向那位"局促"小姐不紧不慢地走过去，两个人都面带着只能出现在此刻的那种微笑，静等着在距离足够近时，听到对方时隔十五年后说的第一句话。

"好久不见啊。"在离声一小姐还有五六步远时，四迷的手不由自主地扬起，无法控制地轻挥了一下，用这种最庸俗却裹挟了无限情绪的方式先开了口。

等四迷走到声一小姐面前的时候，他才听到了声一小姐的第一句话："好久不见。"

四迷和声一小姐从铁栅栏门外向学校里面看着，好像一切都没有改变——门口的一间斗室，窗台上没有了熟悉的信件；教学楼台阶上放着的植物，无趣地彼此低声呢喃；校训的几个大字上锈迹斑驳，念起来颇有几分亲切；旗杆上的国旗，慵懒地垂下眼帘；操场上的草一直在生长，却和毕业典礼那天一般高度；还有这空寂校园里那些曾喧闹、澎湃、荒谬、不安分的时光……

十几年的时间在这里肆无忌惮地飞驰而过，仿佛没有留下任何痕迹，只有此刻教学楼紧闭的玻璃大门上，映出的四迷和声一小姐没有颜色的轮廓，化作一纸凭证，昭示了他们共同拥有的，和逝去的记忆。

四迷和声一小姐来到小饭馆。

"这么多年了，这小饭馆也没什么变化，除了菜价涨了不少。"四迷翻看着菜谱对声一小姐说。

声一小姐在给四迷的信中约定，见面地点就是这个小饭馆，然后还补充了一句，时间太久，不知道这个饭馆还在不在，如果找不到饭馆了，就在校门口见面。

"上次聚会没来，最近忙什么呢？"点完菜后，四迷问声一小姐。

"也不忙，就是压力有点儿大，"声一小姐指了指自己的耳朵说，"还是老问题。不过，你还挺机灵啊，知道一提这个，我就明白是你了。"

四迷不好意思地笑了一下，然后说："后来也没再去医院看看了？"

"医院倒是去了，只不过不是为了看耳朵。"

声一小姐在做平面模特的时候还算一帆风顺，后来参与电视剧的拍摄，虽然只是一个小角色，但此番经历，还是给了她一把钥匙，让她开启了进入这个圈子的大门。

可谁承想，不如意事常八九，之后她接连拍摄了三部电视剧，一部没有拿到发行许可，两部没有被卫视购进。

声一小姐告诉四迷，这倒也不是什么罕见的事情，不要说她这种没有名气的小演员了，就是一线演员拍摄的电视剧，也有可能遭此境遇。据干系数据显示，"产能过剩"已经成了影视圈的一个传统，在每年拍摄的数万集电视剧中，真正能够登上荧屏的还不到一半，那些在这些电视剧中倾注了心血的不知名的演员们，也随着电视剧的石沉大海，陷入了在希望与失望不停轮转的漩涡中。

精神压力的增大，让声一小姐的"老问题"频繁发作，有时正在片场对戏，就突然遭遇了一片静寂的氛围，这让她开始整夜失眠。

于是，声一小姐在朋友的推荐下，来到医院尝试用物理方法治疗失眠。自学生时代吃了一些药而无果后，她就对药物失去了信心。不过，最后声一小姐还是开了一些药回来。因为那位医生对她说了一番话。

医生对声一小姐说，药物最大的作用，其实是帮助她建立信心，尤其是像她这种情况。

失眠是一种成因复杂的病症，一百个失眠者也许就有一百种成因和源头，每个人的情况都不尽相同。对于声一小姐来说，她的最大问题在于焦虑导致难以入睡，最有效的方法是消除焦虑的源头。如果暂时无法消除，最起码要让自己重拾睡觉的信心，否则当夜幕降临时，一望向那本应惬意舒适的床，就会担心睡不着觉，从而产生焦虑。越焦虑，就会越难以成眠。如此往复下去，恶性循环会使情况逐渐失控。所以如果药物能让她睡上几个好觉，信心回归，也许会让睡眠的问题不攻自破，也会让恶性循环戛然而止。

在积极配合着物理治疗，并吃过几次药后，声一小姐的失眠情况已经得到了很大改善。

"现在我已经完全不用吃药就可以顺利入眠了，所以，如果你需要的话……"

"其实我是帮一个朋友。"

"为什么不去医院看看？"

"他的情况有一点儿特殊，没法就医，要不我也不会来找你帮忙了。"

声一小姐抿起嘴莞尔一笑，然后对四迷说："那还真要多谢你这位朋友，要不你是不是一直都不打算跟我联系了？"

四迷有些窘迫地拿起水杯，浅浅地呷了一口，说："也不知道你现在的情况，想联系你，又怕打扰到你。"

"你就是这样，总想的太多。一直都是。"

四迷不知道接什么，便沉默着。

"那封信不是你写的吧？"

"嗯，我请一位代笔人帮忙写的，以女性的口吻和笔迹。"

"我现在是单身。"

四迷抬眼看了一眼声一小姐。

"虽然现在有一个正尝试着交往的人，但就当下而言，还是单身。我刚看到信时就猜到了，想，这个家伙，肯定是怕我结婚了，给我造成麻烦，才会想起这么个办法。"

四迷笑了一下，说："是啊，有时候是想太多了。"

四迷和声一小姐吃完饭后，沿着当时他们放学时常走的路线一路并肩走着。

声一小姐告诉了四迷，她和那个同班男同学交往的事情。四迷虽然原来不知道他们两个人曾在一起，却一点也不意外。他一直觉得，声一小姐是个很迷人的女孩，所以在学校里能吸引到其他男生的注意，也根本不是什么稀奇的事情。

四迷把自己的这个想法原原本本地告诉了声一小姐。显然，对于自己给四迷留下的这个印象，声一小姐颇感意外。

"我可是一点都没有感觉到自己迷人，最起码在你这里，"声一小姐顿了顿，自嘲般地笑了两声，然后缓缓说，"你给我的感觉是，对我兴趣不大。"

"为何会有这样的感觉？"四迷有些意外地问，不由地将头转向声一小姐，看着她的侧脸。

"在我之后，你还交往过女朋友吗？"

"嗯，交往过两个。"

"你吻过她们吗？"

四迷被这个蓦然窜入耳中的问题，问得有些恍惚。

"嗯。"

声一小姐停下脚步，转过头看着四迷，说："你接吻的时候，会睁着眼睛吗？"

四迷脑中回忆的正负电极蓦然接通——四迷瞬间坠入一片昏暗，在不停闪烁着不同色彩荧光的电影院中，他"咚"的一声跌坐在座椅上，眼前一幕电影，正定格在男女主人公接吻的画面上，而余光中的声一小姐，正紧张地望着他的侧脸，等待着他，给自己一个答案。四迷马上就明白了声一小姐为什么说觉得自己对她的兴趣不大。

"我啊……唉，那时候，我也不知道自己想什么呢。我明白了，明白你的意思了。不过，那时候真的……"四迷有些语无伦次地，不知道再说些什么好。

"当然你可以把这些都归结于没有经验，或者不成熟等，但我觉得，如果这份感情，没有带给你往前一步的冲动或者勇气的话，那可能就是我对你的吸引力还不足以让你变得更好。"

"如果我能有机会回到那时候的话，会问问那时候的我，到底在想些什么。"

"那你顺便告诉那时候的我一声儿，晚点再遇上你，等到对的时间。"

第二天再次见面时，声一小姐把一个塑料的小盒子拿给了四迷。

"这药临睡前吃一粒，之后隔二十四小时再吃，就算效果不好，一天内也不要多吃，副作用会很大。"

"嗯，多谢啦！"

"昨天回家我想了想，我不确定这么做是不是对的。"声一小姐略带着犹豫的情绪说道。

"你放心，就算有法律问题，我也绝对不会把你说出去的。"四迷拿着塑料盒子，看着声一小姐说。

"不，我指的不是这方面，我是说，不知道这样能不能帮到你，和你的那位朋友。不管怎么说，这类药物也应该在医嘱下进行服用。你先给你朋友试试，不管有没有效果，还是带他去医院看看吧。"

　　"嗯，我明白。"

一粒接一粒

回到家的四迷，马上拿起电话给老北拨了过去，还是提示留言的声音。

"药拿到了，今天晚上来我家吃饭吧。"留完言后，四迷挂上电话，随后打开冰箱，拿出了一些熟肉和蔬菜，开始准备晚饭。

在电饭锅发出饭熟的"叮铃"提示音时，老北的敲门声也随之而来。

老北的脸上显出一些疲倦的神色，据他说，在上次四迷建议他戒掉那烟后，他就减少了吸食的次数，这也让他在这几天遭受到了久未发生的失眠和焦躁的困扰。不过在看到了一桌丰盛的晚饭时，老北还是一扫颓靡，兴奋地搓了搓手。

吃完饭后，四迷对老北说："今儿就住我这儿吧，第一次服药，要是有什么情况出现的话，我还能及时处理一下儿。"

老北看了看四迷放在桌上的塑料盒子，然后问四迷，这是什么药呀？

四迷说："酒石酸唑吡坦。"

当这个拗口的名字经由四迷的意识，传达到喉咙，然后脱口而出时，四迷自己都吓了一跳。

在声一小姐把塑料盒给四迷的时候，四迷根本没想起来问问药物的名称，因为这对于他来说毫无必要。此时他还不知道药物对于老北来说是否有效果，就算是运气好起了作用，下次还是要拜托声一小姐去医院开药，反正自己没有处方，去药店也是买不到的。所以是否知道药名，对于四迷来说完全是可有可无的一件事。

而声一小姐为了限制自己的药量，就把药从药板里都抠了出来，放在了一个分成了一格一格的特殊药盒里，今天她给四迷的这个盒子，只是一个普通的塑料盒子，既没有一格一格的分隔区，也根本没有任何药物名称。

明明没有被告知药名，可此时四迷却不假思索地说出了一个，甚至如果让自己再重复一次，他都应该不可能再说出那么拗口的名称了，这让四迷感觉到一阵困惑，进而有些惶恐。莫非是老北在吸食那烟的过程中，空气中的残留物被自己吸了进去，也或多或少产生了幻觉？

幸亏老北没有再追问关于药的相关情况，而四迷本来也没打算让老北长期吃下去，只要让他建立信心，像声一小姐那样，能慢慢地恢复正常的睡眠就可以了。

　　四迷本想让老北早点服药，早点睡觉，可老北觉得，还是让自己更疲惫一点，在身体和精神的能量都处于几近耗竭的情况下，再借助药力可以睡得更好些。于是他们又聊了一会儿关于四迷和声一小姐的往事。

　　今天当声一小姐告诉四迷，当初她以为四迷对自己兴趣不大的原因时，四迷恍然大悟，知道了为什么声一小姐会在一个毫无征兆的晚上，给他打电话提出分手。

　　在四迷给老北讲述那些往事的时候，从那个分手电话开始，一点点串起了之前的所有细碎的点滴，也让四迷内心不住地翻涌着一些难以捕捉的情绪。

　　那些在记忆中本已有些暗淡的画面和片段，被剥落了外边的一层灰蒙蒙的薄膜，呈现在四迷的眼前，焕发出一种鲜艳的旖旎色彩。这些色彩中，掺入了很多的"如果"。

　　如果当时四迷再敏感一些，如果他能觉察出什么，如果他在电影院中让声一小姐知道自己接吻时是闭着眼睛的……这些如果，让四迷在讲述的过程中，不断地穿梭于过往的真实记忆与未知的平行世界中，意识时不时地融合、拆散、重组，又融合、拆散、重组，往复徜徉。

老北问四迷，那你还想再和声一小姐在一起吗。

四迷摇了摇头，却不知道自己想表达"不想"，还是"不知道"。

时近午夜，四迷的讲述让他自己的精神处于亢奋的游弋中，他想到应该是让老北赶紧睡觉的时候了。

四迷让老北以一种舒服的姿势躺在床上，尽量放松自己，再去厨房倒了杯温水，从放在床头柜上的药盒里拿出一片药，给老北服了下去。其间，老北未发一言，任由自己放弃所有判断，只顺从地听从四迷的安排。

四迷看着老北渐渐酣然入睡，然后出了屋。在临出屋门前，四迷听到老北说了句——那黑狗的毛儿太长了，找时间给它剃剃吧。

四迷返回床前，轻轻地碰了碰老北的胳膊。老北只扭了个身，不知是从鼻腔还是喉咙里发出的淡淡鼾声一直没有停断。四迷想，可能是睡熟了在说梦话，便转身来到客厅的沙发上，把自己蜷缩在里边。

四迷从置物架上随便拿了本书，随便翻开一页，随便在那些奇形怪状的字上反复流连，他其实已经很想睡觉了，可又担心老北第一次吃药会有什么情况发生，便一边听着屋子中的动静，一边和自己的困倦对抗。

直到从老北睡觉的屋里传来一声重物掉落地面的闷响，四迷才猛地醒过来，他不知何时，在与困倦的对抗中败下阵来。

四迷连忙来到老北的屋子，看到他正匍匐在地上，向门口爬着。四迷搀起老北，看到他两腮鼓起，像含着什么，地上的药盒敞开着，里边空空如也。老北慌乱地指着卫生间的方向，胳膊和四迷较着劲，一个劲儿地把四迷往外推。

卫生间，老北的两只手架在马桶边缘，头完全埋了进去，呕吐持续了一分钟有余。直到狭窄的卫生间的空气中，已经饱和了腐烂发酵的味道，老北才像重新活了一次般，长长地从喉咙处哼出一句听不清的语言。

一个小时前，老北吃下第一粒酒石酸唑吡坦后，就迷迷糊糊地睡了过去，在半梦半醒间，他突然想起，今天四迷说要给他吃药，但是他忘了到底是吃了，还是没吃。

环顾四周的黑暗，眼睛中映出的周遭物体，无法正确地反馈到大脑中。老北的意识玩忽职守，让他无论怎样努力，都难以分辨出此时身处何处。只有吃药这一想法，一直在他的身边来来回回踱蹀不停，以一种讳莫如深的姿态，等待着老北的发现。

于是老北在瞥见了床头柜上的药盒后，从里边拿出一片，直接吞入喉中。

这个过程，循环往复十几遍，直到最后一粒酒石酸唑吡坦顺利地来到老北的胃肠道，径自崩解、溶出，被他的小肠毫无防备地吸收，进入血液，直达他的神经最隐秘处后，老北的意识才拨乱反正，重新回归自己的岗位。

意识的回归，还带来一份额外的礼物——歇斯底里的恶心。如果不是胃部不适引起的痉挛般的强烈呕吐感，恐怕老北这一夜都很难熬过去了。

此时四迷和老北都已将困倦感驱赶到了九霄云外，他们两个人，一个是疲惫的，一个是更加疲惫的，坐在沙发和床边。桌上放着四迷刚煮熟的一碗小米粥，他一边抽烟一边小口呷着没放糖和奶的黑咖啡。

老北含着一块润喉糖，让它在嘴中来回转着圈，他把小米粥端到面前，然后闭上眼睛，小米粥腾起的蒸汽汩汩地扑到他的脸上，透过眼皮温热着他的眼睛，让他全身放松了下来。

"怎么样，感觉好点儿没？"四迷问。

——四迷老弟，真是对不住啊，把你这儿弄得乱七八糟。

由于含着润喉糖，老北的言语有些含糊不清，所以他有意放慢语速，不再是平时那种连珠炮般一股脑的啰唆，以让四迷能够听清。老北一说话，面前热气腾腾的蒸汽就四散逃开，暂时留下一片空旷。

——不过，四迷老弟啊，我对你真的是钦佩之至，不是我说，像你这样，一个人还能把家里整理得这么井井有条的，可真是不多见。像我住的那儿，就乱啊，乱得跟什么似的，狗窝、猪圈、废品回收站！哎哟，想起来我就一脑门子官司，但又不想收拾，话说回来，就算有时间我也懒得收拾，反正收拾利落了还是早晚要乱掉的，知道这叫什么吗，熵，知道吗，叫熵啊！熵会不断增大，宇宙中的事物都有自发变得更混乱的倾向，宇宙都是如此，何况我那个破烂儿猪窝。要我说，我这人，实不相瞒，简直是无可救药。

老北说着，蒸汽前赴后继地涌入他的嘴中。他并没有要停下说话的念头，蒸汽还得再前赴后继一阵儿。

——四迷老弟，你还会做饭。这小米粥，看着简单吧，要让我做，放多少米放多少水我都不知道。我嘛，每天除了吃烙饼卷熟肉，就是泡方便面。哎，净扯闲篇儿了，你也不是为了听我絮絮叨叨地说这个那个，才在半夜又是抽烟又是喝咖啡的。我这人啊，就是这个毛病，话痨，想必你也十分清楚，并逐渐适应了吧。对了，你刚才问我什么来着？

老北把粥碗放到桌上，然后睁开眼睛看了一眼四迷，说——你刚才是问我什么了吧？

"我问你感觉好点儿了没？"

——好了，好多了。不是客套话。诚如我所言，身体这玩意儿真是个了不起的东西，四迷老弟，难道你不这么觉得？这可不是我信口胡说的。它能把什么坏东西都自己给折腾出去，你看我现在，含着块糖还说话利落，思维也清晰。要我说，这跟我老吃方便面也有关系，往身体里净装垃圾了，身体已经百毒不侵，有那么点儿坏东西也拿我没辙了。说到坏东西，这个，什么什么药，靠这个方法，兴许不太靠谱儿。

"你最近戒烟的情况怎么样？"

——说到这件事，可真是让我为难了。四迷老弟，你可能在想，这小子，莫不是在我这里就规规矩矩地忍着不抽，一回家就开始玩儿命地吞云吐雾起来了吧。原原本本告诉你，是真的一根都没抽，如若不信，大可现在就和我一起去家里四处看看。不过，说实在的，滋味可真是不好受。能坚持多久，心里也没底。也许做个比喻你能明白我的心境，就像现在派给你一个任务，让你造架飞机出来，希望你能给出个大概的时间点。四迷老弟，你恐怕是连个轱辘都没信心能造出来吧？跟你说，我就是这种感觉。

"嗯，我明白了，你先趁着热喝点粥，暖暖胃，让我琢磨琢磨这事儿，给我点儿时间。"

老北把桌上的那碗粥端起来，沿着碗边小口喝着，发出了"滋溜滋溜"的声音。

——时间啊，有的是。

老北简短地说了一句。

声一小姐（造访）

接下来的几天，为了老北的事情，四迷上网查阅了一些资料，还去了趟图书馆，找了一些相关的书籍。尽管一切只是理论上的纸上谈兵，但他还是从海量的信息中发现了一点重要的共通性。

从图书馆回到家后，四迷打开电脑，输入一个广播平台的网址，找到声二小姐的主页，给她写下了一条留言。

四迷这次没有着急打电话让老北过来，告诉他自己的计划。他想，如果总是在后边推动老北前行，而不是老北打心眼儿里想做出改变，计划执行起来可能会舍本逐末，最终的效果自然事倍功半。

况且另一方面，四迷还要等待声二小姐的回复，才能决定是否让老北尝试这种戒断方式。

过了几天，四迷正在家准备午饭时，电话铃声蓦然响起。

如果是在准备饭食的时候有电话打进来，四迷在一般情况下是不接的，想起要拿沾满了水和生肉异味的手接起电话的感觉，就会让他的心里腾起一种莫名的烦躁。可这次，他怕漏掉声二小姐的电话，便选择不去理会那些习惯性的负面感觉。

有些心理问题，其实是自己强加给自己的，就像是有着轻微洁癖的四迷，在经历了医院那半年陪床生活后，完全改掉了以前那些难以名状的毛病。

四迷放下手头的活计，在抹布上擦了擦手，走到客厅接起电话。

"喂。"

"四迷，是我。"出乎四迷的意料，从听筒中传来的是声一小姐的声音。

"啊，没想到是你，"四迷迅速地回忆了和声一小姐两次见面的过程，他并没有告诉声一小姐家里的电话，当然也是因为她根本就没有问的原因，"你怎么知道我家电话的？"

"上学的时候我就知道了，只不过一直没往你家打过。这次是想试试，看看还是不是原来的号码，没想到一下就打通了。"

"嗯，是呀，想想这十几年来一直未变的，可能只有这个电话号码了吧。对了，找我是有什么事儿吗？"

"倒是没有什么特别重要的事儿，主要是不知道你那位朋友的情况怎么样了，所以……"

"你还记得那个药叫什么名字吗？"四迷突然想起来，那天自己在毫无思考的情况下，把药名脱口而出的事情。

"嗯……我想想……好像是叫，思诺思吧。"

"思诺思？"

"你突然这么一问，我有点儿想不起来，好像是叫这个名字。我不太确定。"

四迷脑子里有些混乱，这个名字他从来没听过，而那天那个拗口的长名字，自己说出后反而觉得有些印象似的，这到底是怎么回事呢？

"喂，喂喂？"声一小姐没听到四迷说话，还以为又是自己的老毛病犯了，连忙"喂"了几声。

"啊，没事儿，就突然想起来问一下。"

"是不是你想去买？如果需要的话，我可以帮忙去医院开一些。"

"不用麻烦了，他好像不太适合吃这个药，对他没太大作用。"

"哦，这样啊，所以我就说，还是去看医生为好，总比自己这样乱吃药强，万一出点什么事儿……"

"嗯，我再想想办法吧。"四迷想起来现在正是中午，于是问声一小姐，"今天你休息呀？"

"也不算休息。我接到一个通告，上午一直在家看剧本，虽然是一个小角色。"

"恭喜啊！希望这次能顺利播出。"

"嗯，好事多磨，这次一定没问题的！你今天有事吗，要不待会儿我请你吃个饭？"

"我今天……"刚拾掇出来的肉和菜四迷倒是无所谓，放到冰箱里晚上再吃即可，只是他怕因错过声二小姐的电话，而耽误了帮老北戒断鼠尾草的事情。

"没事儿没事儿，"声一小姐马上说道，"你要是有事的话，就改天再约。"

"我在等一个重要的电话，没法出去，要不你来我这儿，我正准备做饭呢。"

"你还会做饭啊？"

"来尝尝我的手艺。"

"好，我大概半个小时能到。"

挂了电话，四迷看了看准备的肉和菜，又从冰箱冷冻层里把冻虾拿了出来，放在水池里用小股流水解冻，查看了一下做虾所需的材料。所有材料一应俱全，只是生姜略微干。四迷拿着那块姜，又看了看水池里的虾，觉得应该差不多够，于是他开始处理食材。

虾完全化开了，四迷正准备剪虾枪时，电话铃声又不合时宜地响了起来，四迷按捺住内心腾起的躁动，迅速在抹布上擦了一下手，接起电话。

"喂，"还是声一小姐的声音，"实在不好意思，刚才我接到电话，下午要和剧组的人员见面，今天时间太赶了，所以……"

"啊没事儿，正好我还没开始做呢，咱们下次再约。"

"好，下次我提前给你打电话。"

回到厨房，四迷看了一眼水池中的虾，那些虾塑料小球一样的眼睛望着他，传递出一种讳莫如深的同情。

把原本不应这么丰盛的饭菜摆上桌后，四迷的饥饿感突然烟消云散。这其实并不是一件值得注意的事情，有时候老北过来吃饭，四迷会连续炒几个菜，当所有菜都炒完，面对它们的时候，四迷就会感到一种饱腹感。总要缓一会儿之后，才能感觉到姗姗来迟的食欲。而这次，除了不知所踪的食欲外，四迷还有一种难以为继的感觉。

敲门声的响起，将四迷从那份恍惚中抽离出来。

"我一猜，八成儿就是你。"打开门看见老北的那一刻，食欲也毫不打招呼地随着老北的出现而蓦然涌现。

老北走进屋子，刚远远地望见那一桌吃食，便大声地"嚯"了一声。

——嚯！自己偷偷地弄了这么一桌子好吃的，吃独食啊你！也不说叫我。嚯嚯嚯！还有油焖大虾，今儿是什么日子呀这是，又是肉又是菜又是虾的，不是我说，四迷老弟，你这就太不够意思了啊。嗯？等等，这事儿不对，莫不是你在金屋里藏了个娇？

老北在屋里前前后后转了一圈，还煞有介事地打开柜子看了看，那小柜子藏只大黑狗都费劲。

四迷坐在桌子前咧开嘴笑着，饶有兴致地看着老北的举动，夹起一只虾放在嘴里大嚼特嚼起来。

菜过五味之时，敲门声又响了起来，四迷蹙了一下眉头，想不

154

出是谁会在此时造访。

打开门，四迷看到声一小姐。

"你怎么来了，你不是说有事儿……"

声一小姐将一抹微笑挂上嘴角。

"我来尝尝你的手艺啊，不方便吗？"

"方便，方便，进。"

来到桌前，四迷不好意思地说："还以为你不来了，我们就吃了，不过虾还没吃多少。"

四迷搬来椅子，让声一小姐坐在桌前，此时，他还没有觉察出，酝酿在这狭小空间中的诡谲气氛正在缓慢展开。

按照一般情理，如果饭局中有两个人是第一次见面，先来的那一位，在后来者如约而至时，总会或起身，或端坐着向后来者打个招呼。而此时，老北虽停下了夹菜的动作，但也毫无打招呼的意思，他只是直勾勾地看着声一小姐。而声一小姐也没有马上坐下，向老北投以了同样不寻常的眼神。

"这是我的一个朋友，老北。"四迷指着老北向声一小姐介绍。

"这是我和你提过的……"四迷正要向老北介绍声一小姐时，却被老北制止了。

——我知道。

老北只简短地这么说了一句。

话语突然中断，空气犹如混入了水的水泥粉般，窒息了三个人的意识。

声一小姐突然开口，像将情绪酝酿了很久，准备开始表演般，她不露声色地背出也许是新接到的剧本中的一长串台词。

——前两天，走到内院，我突然想到的。从前，天空很蓝，蓝得纯净，真好，那么蓝，让我很惊讶。今天天空也那么蓝，我一个人却无法回去。觉得真是世事无常，不可思议。里面的朋友听后，取笑说，天空不就是这样的，并不是为了让我惊讶而蓝的。确实如此啊。天空不会随便为谁而蓝。

四迷看了看声一小姐，又看了看老北。

"你们，原来认识啊？"

老北摇了摇头，声一小姐也摇了摇头。

"不是，那，那你们俩这是……"他话还没说完，电话铃声又响了起来。虽然此时四迷并没有做饭，但他还是被这个情况瞬间激怒，随口吐出一句"我×"之后，连忙来到客厅接起电话。

"谁啊！"四迷没好气儿地大声说道。

"我。"电话听筒里传出声二小姐的声音，"怎么了你，横了吧唧的，没什么事儿吧？"

"哦，是你呀，实在不好意思，只是今天我这里有点儿……有点儿热闹。"四迷深吸了一口气，让身体内正在沸腾的血液渐渐冷却下去，然后说，"我一直在等你的电话呢。"

"嗯，我看到你的留言了。"

"我只是想试试，看能不能联系上你，也不知道你还会不会登录那个账号。"

"时不时地，我会上去看看。"

四迷明白了声二小姐的意思，她的那个账号下，只有两条留言，都是四迷留的。

"怎么，有什么事儿？"声二小姐问。

"对对对，是有个事儿，你什么时候方便，我请你吃个饭吧，也这么久都没见了。"

"吃饭随时都可以，不过，到底是什么事儿啊？你不知道我这人心里存不住事儿嘛，你先赶紧说，要不我老得琢磨。"

"好吧，我有一个朋友……"四迷想起刚才老北和声一小姐看见对方时的反应，茫然得有些语塞，"对了，你以前跟我说，参加过教会的一些活动。我想知道，有没有那种，因一个目标聚到一起，类似于互相鼓舞，互相激励的，那种活动。"

"互助会？"

"对对对，互助会，比如戒酒、戒烟什么的。"

"有啊，你想参加互助会啊？"

"是我的一个朋友。"四迷没想好怎么和声二小姐说，也不知道没有经过老北的允许，能否和声二小姐说这件事。总之，声二小姐只是希望先知道什么事，而产生这件事的原因，可以往后放放，待和老北聊完后，再和声二小姐说也不迟。

"嗯……那具体哪方面的互助会呢？"

"反正你也知道什么事儿了，具体的，咱们见面聊吧！"

"好，那就，我想想……晚上，等我下班之后。"

"今天吗？"

"对了，还没问你哪天有时间。"

"我随时，今天就行。"

"那就今儿了！"还是那个说风便是雨的声二小姐。

电话挂断后，四迷转过身想回到屋中，却发现门不知何时关上了。他走到门前推了推，根本推不开。

正在四迷下意识地要敲门时，突然听到门的另一侧传来一种轻微的、奇怪的声音。四迷将耳朵贴近门缝，听见了在交媾时才会发出的特有的声音，与此同时，还有着一声声难以自控的喘息声。

四迷辨认出，那是声一小姐的声音。

四迷坐回到客厅的沙发上，将自己深深陷入其中，让沙发将身体包裹起来，承载着自己的全部重量。他想回忆一下刚才从声一小姐进门后，到她和老北见面时的场景，可四迷发现，那段时间竟成了空白，连一丝一毫细枝末节都想不起来了。

四迷突然感觉到饿，一种从腹中翻涌而出的不真实的饥饿感撞动着他的胃壁。刚才明明已经吃了不少东西，此刻的四迷却如困在无绳梯的黑暗井底里好几天一样，虽然沿着湿漉漉的井壁，可以舔食到一些水珠，得以勉强苟活下去，但那饥饿感，却还是一点一点蚕食着他的求生意志——

此刻的四迷就是如此之饿。

不知过了多久，浸透着诡秘气氛的房间门打开了，声一小姐从房间中走了出来。她衣着整洁，头发梳得利落而一丝不乱，脸上淡淡的妆容一如她刚进门时的样子。

四迷看着声一小姐走到冰箱前，打开冰箱门，拿出一瓶矿泉水，咕咚咕咚地灌下去两口，然后把矿泉水瓶放在桌上，转身打开门厅的大门，随着门关上时的"咔吧"一声，消失在了四迷的视线中，甚至都未再看四迷一眼。

四迷端详着声一小姐放在桌上的矿泉水瓶的瓶口，那里留下了声一小姐一抹淡淡的口红印。

声二小姐（轻松与隐匿）

"老北，晚上我出去见个朋友，主要是为了聊聊帮你戒烟的事，我想到一个方法。"四迷走进屋子后，对老北说。

四迷原以为会看到狼藉的床铺、散乱的纸巾，也许老北会不好意思地躲避四迷的目光，或者直接啰啰唆唆地讲述自己和声一小姐刚才是怎么一回事。哪怕这些都没有，哪怕他们已经整理好床铺、收好纸巾，哪怕连蛛丝马迹都被他们仔细地抹去，那起码应该还有一些气氛存在，来证明刚才四迷听到的那些床笫之私。

但什么也没有。

老北依旧坐在桌子前，慢条斯理地剥着大虾，还饶有兴致地将虾头放在嘴中不住地吮吸，甚至嘴里嘟囔了一句——赶紧吃啊，不吃凉了——就好像真的什么事都没发生过一样。

也许老北不想提他和声一小姐的过往也未可知，毕竟，四迷和老北刚认识不久，与声一小姐也有十几年未曾谋面。四迷这么想着，将自己的好奇心完全压抑起来。

四迷长长地从胸腔中呼出一口气，然后对老北说："我想到一个方法。我有一个朋友原来是教会的，她知道有一些互助会，也许能帮上忙，你知道，互助会……"

——我知道，我知道。

老北咀嚼着虾肉，含混不清地说着。

——就是一帮人围成个圈儿，然后你说你的惨事，我说我的冤屈。光说还不过瘾，还得扒开自己的伤口给大家好好瞧瞧。我知道，电影上都曾看过不少了。不过，四迷老弟，你说那东西真有什么用吗？哎对了，你别说，我还真想起看过的一本书，里边儿好像说，安慰别人最好的方式，就是将自己的痛苦展示出来，那胜过千言万语。大概意思，大概意思。怎么着，你是想让我过去直接自首啊？咱们这儿可不比外国电影，吸那玩意儿在国内可是犯法的，你知道，四迷老弟，要是那个什么互助会里，真有个便衣，我可就"蹦蹬仓"了，一准儿得蹲号子。还不如去医院呢。你说呢？四迷老弟。

"嗯，这个我也想到了，所以我会和我的那个朋友说清楚。对于她，你可以放心，绝对可以守口如瓶。如果能确保万无一失，你愿意去尝试一下吗？"

——得，听你安排。反正你肯定不会害我，这个我心里还是有谱儿的。四迷老弟，你安排好了，我就去。怎么样？够意思吧！

"够意思！"

说话期间，四迷走近到床铺旁边，看似无心却仔细地将四周搜索了一番。

自不必说，一无所获。

晚上六点半，四迷和声二小姐面对面坐在一家餐厅的桌子两侧。声二小姐点完餐后，将菜单递给侍者，然后柔声说了句"谢谢"。

"你现在已经可以和别人说话了。"四迷笑着望向声二小姐。

"其实和你在一起之后，我就可以和别人说话了，只不过那时觉得有了依靠，没什么非要和别人说话的必要。就像……喏。"声二小姐把刚从便利店买来的一瓶矿泉水递给四迷，四迷拿起矿泉水，拧开瓶盖，然后又递还给声二小姐，"就像不用自己拧瓶盖了一样。"

"那现在呢，你怎么样，身边有拧瓶盖的人了吗？"四迷问声二小姐。

"有是有，"声二小姐叹了口气，"就是不稳定，一直以来。"

"还没结婚呢？"

"结婚啊，且着呢。"

"八字还没一撇呢？"

"应该说，连写'八'这个字的纸笔还没买到，可能根本就没想买也未可知。"声二小姐突然轻拍了一下桌子，脸上现出了兴奋的表情，"哎哎对了，你还记得我跟你说过的，原来在学校我有一个喜欢的男孩。"

"说看见了你内衣带儿的那个？"四迷想了一下就立马想起来了，当时听到这件事的时候，就给四迷留下了深刻的印象。

"对对对，我和他联系上了。"

四迷没说话，声二小姐吃了两口菜，慢慢地咀嚼完，才继续说道："显然，他根本记不得我是谁了。无论我怎么提醒，他也想不起来在放学路上的那件事了。我把那时候画的所有关于他的素描画，全都带着拿给他看——各种角度的，印在我脑海中的他的剪影。整理的时候，我都惊讶了，不知道什么时候竟然画了这么多。"

四迷听着，觉得这件事在朝着有意思的方向发展，他安静地看着声二小姐慢悠悠地从盘中夹起一块肉放进嘴里咀嚼完。

"跟你说吧，当时他看到画之后，都惊了，怎么说呢，就跟中了彩票似的那种感觉，他心里那种抑制不住的兴奋，不管怎么掩饰，还是被我一下儿就洞悉了。"说完后，声二小姐突然径自笑了起来，"你说逗不逗，他觉得自己中了个奖，而奖品就是我。"

"然后呢？"四迷忍不住问道。

"然后？然后他就想和我上床呗。哎哎哎，我说，你别张着嘴行吗，哈喇子都快流下来了。"

四迷这才注意到，自己的筷子举在半空一直没有动，而微张的嘴，在不知道什么时候也凝固住，忘记了合上。

"没没没，我这不是听得入神了嘛。"四迷不好意思地笑了笑，连忙把嘴闭上。

"那天我们吃完饭，他非说要送我回家，其实在知道了他的心情之后，我就一点心情也没有了。你说奇不奇怪，原来我还上赶着一直关注人家，现在人家有那意思了吧，我反而开始拿搪了。"声二小姐仰起头灌了一大口矿泉水，然后继续说道，"他给我送到家门口，就杵在那儿不动弹了，肯定是等着我假模假式地跟他说，要不要上去喝杯咖啡，一块儿坐一坐呀？然后他还得更假模假式地说，这这这，不会不方便吧？"

四迷笑出了声，一口食物差点趁机溜入气管。

"看他杵在那儿不说话，也不走，我就赶紧说，那我先回去了，你也早点儿回家吧，说完了我就转身要走，嘿！他可等不及了，一把拽住我胳膊，说，你待会儿有事儿吗，没事儿的话要不去我家喝两杯，咱们好不容易才见着。"

"你说什么呀？"

"我说什么啊？哈哈，我说，待会儿我有事儿啊，还是大事儿呢！他问，什么事儿啊？我说，给我儿子喂奶。"说完，声二小姐捂着嘴，一边咀嚼着嘴里的食物，一边发出了咕咕的笑声。

"你可真行啊你。"

"哎呀，反正就是这么一回事儿了。你说，我做的也不过分吧？本来就是，我呢，是理解您想和我上床的这个心情，但是，您也得循序渐进吧，好歹也做做样子。哎，你看过动物世界没有？"

"动物世界？"四迷的脑海里中立马浮现出了从电视机中传出的那熟悉的开场曲，"看过呀，怎么了？"

"人家甭管是狮子也好，豹子也好，发现一只小羚羊的时候，都得慢儿慢儿地，一点儿一点儿地，悄么声儿地，跟慢动作似的，"声二小姐在描述这个场景的时候，还下意识地微弓了些身子，声音也变得轻柔了不少，"靠近猎物，对吧。您连这点耐心都没有，还想吃小羚羊。又不是谁都跟苍蝇似的，一个劲儿地往癞蛤蟆嘴边儿飞。就算是癞蛤蟆，那也得有耐心，起码得等舌头能够得着的时候再说，对吧。总之，跟你说吧，你们男人都是这样的，面对向自己讨好的女孩，就只想着裤裆里的那点事儿。"

四迷摇了摇头，无奈地笑了一下，不由得想起了《美国往事》里一口口吃掉蛋糕的帕特西。（注：电影《美国往事》中的一个片段。少年帕特西偷听到佩姬说，一块瑞士蛋糕可以换来和她睡上一觉，于是少年帕特西便拿出所有的积蓄买了一块瑞士蛋糕来找佩姬。在佩姬门口等她时，少年帕特西禁不住蛋糕的诱惑，一口口地将这个可以换取和佩姬睡上一觉的瑞士蛋糕全都吃了下去。）料想，彼时的帕特西，肯定是不包括在"你们男人"这一堆里的。

"唉，反正，最后就这么不了了之了。"

"他后来也没再找你？"四迷问。

声二小姐把嘴角向下撇出了一定的弧度，然后摇了摇头说："这点我倒是觉得有些欣慰，好歹喜欢了那么久的人，虽然也只会用下半身思考，但总算是还有点儿自尊心。"

在水煮鱼端上桌后，声二小姐连忙止住话头，大快朵颐了起来。

"嗯，真好吃，一下午就等着这口儿呢，下次要请我吃饭，早点约啊，我好空空肚子。"

他们就声二小姐这几年的诸多恋爱挫折史又聊了一阵后，声二小姐突然说："哎等等，等等，不对啊，咱今儿见面明明是为了你那事儿，怎么现在一个劲儿地老说我的事儿啊？你要再不赶紧说，等这顿饭吃完了我可就回家了啊。还得早点儿回去给孩子喂奶呢。"说完后声二小姐又径自笑了起来。

"嗯……"四迷发出了一阵长长的鼻音，他想用这种类似思考的方式，给自己留出一点时间，让这点时间将自己从此刻的轻松愉快中抽离出来，重返他熟悉的那种孤寂里，只有这样，他才能体会到气氛，从而准确地描述出老北的故事，和他所处的困境。

四迷的整个讲述过程很顺利，虽然稍显漫长，却因气氛的弥漫，让声二小姐并未感到时间的肆意流逝，反而还能沉浸其中，感受到了四迷和老北那些不流于表面的情绪。

"我说那天你怎么不在电话里告诉我具体什么互助会呢，要是不知道前因后果，就突然让我帮忙找戒那个烟的互助会，我肯定会让你赶紧远离你这个朋友。不过现在听你说完了，我决定，嗯，帮你这个忙儿！"

"谢谢。不过还有个问题，我琢磨着，一般这种互助会，不会大张旗鼓地宣布自己是戒那种烟的吧。总不至于写个告示说，欢迎正在吸毒的朋友们来我们这里一块儿聚聚。"

"这倒是个问题。"声二小姐总是热情有余，思考不足，每每脑袋一热便应承下了一桩事情，可里边会遇到的那些沟沟坎坎，却完全没有想过。

"我想，一般这种戒烟会可能采用邀请制，不会随便让不熟悉的人知道互助会的存在。虽然大家聚在一起是为了向更好的方向发展，可彼此间难免会产生一些猜疑，就像一条猜疑链，一旦某处链条被腐蚀，生锈，坏掉，整个链条马上就会土崩瓦解。"

"嗯……我明白你的意思，让我琢磨琢磨。"

"如果你有认识的朋友，参加过互助会的，可以……"

"啊！我想起来一个，"声二小姐猛地将后背挺直，然后右手在半空中点了几下，"原来经常送我去教会的司机师傅，他也信教，而且还参加过一个互助会，好像是希望能改掉自己急躁的脾气，我去问问他。"

"你，不是已经不去教会好久了吗？对了，后来，你回过家吗？"

"自己家，每天都回，那个家，是一直都没回去了。不过有时候我会和我妈见面，在外边吃饭，或者坐在公园的长椅上聊聊。毕竟不是在叛逆期那个阶段了，都这么大了，多多少少能理解她一些，也能放下过去的那些事了。"

"那还不回家多陪陪你妈。"

"嗐，你不懂，我只是不愿意回到那个屋子而已，一想起来我就会感觉到一阵压抑，更甭提回去生活了。我让我妈搬过来和我一起住，她说不方便，我这里老有男人在，还隔三岔五地就换换。你说说，她还看不顺眼了，要我说，我这就是遗传。不过……"

声二小姐的眼珠向上挑起，望着斜上方的天花板，撇了一下嘴，然后说："不过这回为了你这事儿，我还真得回去一趟，假装聊天，顺便等等看，能不能把司机等来。要是不成的话，我就从我妈那儿套出司机的联系方式。你知道，如果我把我妈约出来，就为了问司机的联系方式，她又要问这问那、问东问西的了，活活儿给我烦死才算作罢。"

"局气！"

"那是，欠我顿饭，回头接着请我吃水煮鱼，我挑时间，吃之前要先饿几天。"

"得得。"

整整一周后，还是上次声二小姐打电话来的那个时间，她带来的好消息不期而至，通过电话线传到四迷耳中。虽然是好消息，但从声二小姐的语调中，四迷听到了一点点隐匿起来的不同寻常。

"咱们还今儿晚上见面？"四迷迫不及待地想见到她，听听声二小姐带来的好消息和她那些隐匿背后的事情。

"别啊，三天后吧。"

"干吗非三天后？"

"上回我不是说了，我要饿几天，好腾出肚子好好吃一顿水煮鱼啊。"

"我真是服了你了。"

他们真的就约在三天后的晚上，还是上次见面的那间餐厅。

刚一落座，声二小姐就迫不及待地描述整个过程，四迷问她，着什么急啊，喝口水喘口气，声二小姐说，我得赶紧说，待会儿等水煮鱼上来了，谁还有工夫儿跟你说话啊。

在司机参加的互助会中，有一个小年轻儿，看上去二十刚出头。虽然年纪不大，但已经从局子里几进几出了。他属于那种平时还比较平和的人，但只要有外界的东西刺激到他，他就会立刻被点燃，几次进局子都是因为寻衅滋事和打架斗殴。

小年轻儿觉得是自己的心理出了问题，于是找到一个朋友介绍的心理医生，治疗一段时间之后颇见成效。心理医生跟他说，单一的治疗可能会解决一时的问题，但要巩固效果，还需要多融入社会，目的是正视那些会引起冲动的源头，在面对时，能平心静气地去处理，而不是一味地逃避它们。于是，医生给他推荐了那个互助会，由此和司机成了朋友。

小年轻儿的一个曾在局子里一起蹲班房的"牢友"，是因为聚众吸食毒品进来的，牢友出狱后，经管教推荐，加入了一个戒除毒瘾的互助会，这个互助会还有一个颇有意味的名字——幸存者。

司机通过小年轻儿的关系，请"牢友"帮个忙，推荐进入幸存者互助会，"牢友"很痛快地答应下来，并约定需要提前和老北聊聊，如果没什么问题，下次聚会就能推荐老北入会。

事情的经过讲完，一锅跳跃着欢腾气泡的水煮鱼也端上了桌。

"这是'牢友'的电话，让你那朋友给他打个电话，聊两句，顺便确认下次互助会举办时间。"声二小姐将一张纸条递给四迷，"而且，听那个'牢友'说，互助会里有一个人和老北的情况简直一模一样，现在过去半年多了，那个人从未复吸过，那些失眠和幻觉，负隅顽抗了几次后也再没出现过，他已经正式被荣升为'幸存者'。所以放心吧！跟你说，这回你算是找对人了！"说完，声二小姐骄傲地撇着嘴角，仰了下头。

"真是太好了，多亏了你啊，对了，还有司机师傅，替我谢谢他。以后什么时候想吃水煮鱼了，就给我打电话，叫上司机师傅一块儿来，我请。"

"那我岂不是要天天给你打电话。"说完声二小姐径自笑笑。

四迷望着声二小姐，他从声二小姐的笑里，又感受到了那一点点隐匿的不同。

"没碰到什么……"四迷顿了一下，想了想，但想不出什么合适的说法，"没碰到什么事儿吧？"

声二小姐细细地品味着鱼肉，眼神在锅中的鱼肉间流连。她始终没有抬眼看四迷，又不似在愣神。这让四迷更加笃定了，这几天的经历没有她描述得那么简单，或者是，在这个过程中发生了"蝴蝶效应"。

声二小姐一筷子接一筷子，又吃了几口，每口都是慢慢咀嚼着，并不急于吞下，像是更在意"吃"的过程。在用筷子又夹起一块雪白的鱼肉，但还没有往嘴边送时，声二小姐突然抬起眼，看着四迷问："你刚才问我什么来着？"

"你没碰到什么事儿吧？"四迷赶紧搭话，生怕慢了半拍，声二小姐的意识又不知道跑到哪儿神游去了。

"嗯……"声二小姐筷子上的鱼肉，悬在水煮鱼锅的上边，被裹挟进了一团麻辣味的水蒸气里，舒服地仰躺着，"是……是遇到了什么事儿。"说完，声二小姐就把那片鱼肉填进嘴里。

声二小姐（细疤痕，声音小，颓废的味道）

在上周和四迷见面后的第二天，声二小姐就早早地来到了妈妈的家里。她在刚出门的时候，本想返回屋中，先往家里打个电话，确认一下妈妈是否在家，这当然是有原因的——

每次声二小姐和妈妈的见面都会安排在午饭后到晚饭前的这段时间，早一些或晚一些，妈妈都会以一些理由婉拒。有时候说上午要照顾家里的花草，那是一天中最适合打理它们的时候；有时候说要去赶早市，挑选最新鲜的蔬菜做沙拉吃；有时候又说晚上有自己一直在追的电视剧，今天这集正是谜底快要揭晓的时刻，可不能错过。各种理由不一而足。

声二小姐风风火火的性格，让她只琢磨了一下，就放弃了返回屋中打个确认电话的想法。

"反正我有家里的钥匙。"声二小姐这么想着，就出发了。

拧动钥匙，推开房门，声二小姐发现在玄关台阶处，放着一双男人的皮鞋。而听到动静后，随之而来的妈妈的脸上，现出了混杂着尴尬和些许慌乱的神情。

声二小姐走进客厅，那件让她产生了一点点隐匿气氛的事就发生了——她看到一个男人，像在自己家里般，轻松自然地站在餐桌前，餐桌上摆着两份未吃完的早餐。

男人神情淡淡的，传递出一种释然的气氛。

不知为什么，声二小姐觉得这个男人很熟悉，像是在哪儿见过，但绝不是现实中。声二小姐在那一刻，前所未有地调动了所有未被触及的、落满了灰尘的记忆，也没能在犄角旮旯里寻到哪怕一丝一毫有关的痕迹。但那熟悉感，明明就在自己的耳边不住地嘶吼咆哮，大声疾呼，昭示着一个显而易见的事实。

声二小姐陷入困惑，不知道这熟悉的感觉是从哪里蓦然闯来。

带来熟悉感的男人微笑着朝声二小姐点了下头。声二小姐的妈妈走过来，手摆了一下，说："这是我的一位画家朋友，我现在正在学习画画。"

"听说，你也喜欢画画？"那男人问声二小姐。

声二小姐微微点头。那男人又问了她诸如喜欢什么画派、类型等味同嚼蜡的问题，之后便告辞了。

　　声二小姐一边吃着鱼，一边说完了这件事，虽然从表面看上去她是漫不经心的，但四迷还是感觉到了那一点点隐匿的不同，始终萦绕在她所处的气氛中。

　　"这倒也没什么奇怪的吧，你也不回家，你妈妈当然要找点事儿来打发漫长的无聊了。"显然，这是在此时的情况下，四迷需要搭的话，但连他自己都知道，事情没那么简单。

　　"得了吧，学画画儿，哪有一大早儿就来家里，还一块儿吃早餐的。"声二小姐看起来早已洞悉了什么，然后她用和平常不太一样的语气继续说道，"很奇怪，真的是很奇怪，这几天我的脑海中总是时不时地出现那个男人的样子，和那天我们对话的时候，他给我的感觉。"

　　四迷知道以下才是声二小姐真正要说的关于这件事的关键，所以他不再搭一些虚头巴脑的话，静等着声二小姐的叙说。

　　"那个男人，虽然没和我说几句话，但他说话时有一个很明显的动作，就是习惯性地摸一下儿眉毛上的一条很细的疤痕；他说话没什么气力的感觉，慢，声音也小，怎么说呢，就像是晴朗午后无风的湖面一样，知道有水在那里，但是因为看不到水的流动，以至于又开始怀疑到底有没有水了；在他将要告辞，和我擦身而过的那一瞬间，我从他的身上闻到了一抹颓废的味道——哎哟，这简直不像是我会说出的话，但除了这么说，我不知道还能怎么形容。呵，颓废的味道，我怎么会有这种感觉呢？"

四迷听得心有波澜，忍不住地问："这些代表了什么呢？"

"代表什么？代表我变矫情了呗，竟然会说出'颓废的味道'这样的话。"声二小姐自嘲般地呵呵笑了两声。

"我觉得不是矫情，是因为突然产生的某种关联，而让你捕获到了只有你才能体会到的那种气氛。"

"你是说，我和这个男人之间，存在着什么关联吗？"

"嗯。"四迷点了点头，"你不这么觉得吗？"

"为什么这么说？我不是告诉你了，我从来没见过他吗。"

四迷知道，声二小姐此时问出的问题，并不是她真实的内心所想，但四迷不知道怎么来阐述他的观点，明明情绪翻涌，却只能卡在那里，任由所有的言语消失不见。

"是，不过……"

"你猜怎么着，"声二小姐有些迫不及待地打断了四迷的话，她将身体前倾了一些，一只胳膊支在桌面上，有些激动地说，"你竟然和我想到一块儿去了！真的，从那天见到他开始，我就有这种感觉——也许我们之间存在着什么关联，才会让我无缘由地产生了那种熟悉感觉。"

"只是你也不明白这是何故。"

"不明白，"声二小姐又靠回椅子，颓然地说，"一点都不明白，完完全全理不出头绪，就像看到高考数学最后一道大题时的感觉，虽然我偷偷地从邻桌的卷子上瞄到答案，可解题过程却怎么也编不出来了。"

"对了，"四迷突然想起什么，对声二小姐说，"我记得，原来你和我说过，有一次在你家库房里，你翻到一本相册，里边有一位大人物的照片，你还说怀疑那就是你的爸爸。"

"嘻，那个人呀，肯定不是那天在我家的那个，如果是他的话，我肯定就知道了，两个人长得完全不一样，再说了，他也不会出现在我们家的……"

"不是，"四迷看声二小姐还要说下去，便直接打断了她的话，"不是，我的意思是，你看到那个疑似你爸爸的人的照片，有什么特殊感觉吗？"

"没有，完全没有。就像是看一个陌生人的感觉一样。"声二小姐眼望着天花板，又想了一下，"哎等等，我好像有点儿明白你的意思了。"

四迷看着声二小姐，等待着她继续往下说。

"你接着说，我看看和我想的是不是一样。"声二小姐对四迷说。

"其实我也没有理顺思路，只是突然想到这点——你看到那个疑似你爸爸的人，像在看一个陌生人，毫无感觉；但那天遇到本应陌生的男人，却对他的细微动作、声音，甚至是气氛，都能接收到一些莫名传递过来的东西。这……我形容不好。"

"故事。"

"嗯？什么？"

"我觉得，我妈欠了我一个故事，一个影响了几个人生活轨迹的，复杂也简单的故事。"

和声二小姐见面的这天晚上，四迷想着那个男人，想着眉上的细疤、喉中的轻音，还有空气中弥漫的颓废的味道。他总觉得自己会在就这么想着的下一秒钟，恍悟那是谁，并从回忆的抽屉中翻出一个牛皮纸档案袋，查看到声二小姐与其的关联。

四迷就这么想着想着，不知何时失去了意识，沉沉睡去。

一个人的好天气

老北来到了四迷家，那是一个晚霞弥散在天空一隅的傍晚。

这几天，四迷都没主动和老北联系。其实就在和声二小姐见面、拿到"牢友"电话的第二天，四迷本来是想和老北联系的。

当时，四迷一只手拿着纸条，另一只手拿起电话听筒，想在留言中告诉老北那个联系人的电话，让他先跟人家通个话，看看有什么需要准备的。但就在将要按下电话号码的最后一个数字时，四迷却将听筒放下，发出了一声沉闷的"咣当"声。

四迷想起在医院照顾家人时的感受。

四迷总是带着家人辗转于各个医院，求医问药，而鲜有心情考虑病患本人的感受。家人几次对他说，不想再这样折腾，只想在家平静地度过最后的时光，四迷也没有设身处地去感受家人的处境，只是烦躁地一味述说自己的想法。他那时候只关注自己的感受，而没有去想，本应自己去决定自己命运的家人的想法。

我可能只是想让自己安心而已——四迷这么想着。

不知道现在的老北，是否也处在彼时家人的那个处境——不想去做，可又不忍心拒绝不断忙碌着的四迷。四迷突然想到，自己这种披着一层"关心"外衣的举动，实质上是一种隐匿得很好的、彻头彻尾的自私。

今天看到老北来找自己，四迷心情有些忐忑，不知道自己会不会忍不住又将老北拽上自己的"轨道"，强行推着老北前行。

老北一进屋，就迫不及待地从冰箱里拿出一罐冰啤酒，打开后咕嘟嘟地灌了几口，他显得有些莫名亢奋。

——四迷老弟，今儿这天儿可真是不赖，万里无云，那天空蓝的啊，跟假的似的。

老北抹了抹嘴，打了一个酒嗝，对四迷说道。四迷下意识地朝窗外望了一眼。

——现在可看不出来什么了，白天你没注意吗，今天的蓝天。

老北看见四迷飘向窗外的眼神，便说道。

"我总是在心情好的时候才会注意到天是蓝的。"

——四迷老弟，什么才能让你心情好起来呢？莫不是看见大街上飘然而过的美女的光溜儿大长腿吧，诚然这也是让人心情愉悦的一件事，但就我而言，没什么比一天下来，出了一身臭汗，回到家里打开冰箱，看见一罐儿冰啤酒在等着自己这件事更让人高兴的了。就拿这罐儿来说，简直就是续命水，冰的程度固然还差了一点儿，不过也算不错了。四迷老弟，你知道我最中意的是哪种程度的冰啤酒吗？实不相瞒，就是那种一口灌下去，冰得呼吸凝固，心跳骤停，脑子里边儿像有个拨浪鼓似的，敲得两个太阳穴一蹦一蹦地疼，啧啧啧，就是这种程度的冰才叫痛快！不过，四迷老弟，我倒不是要劝你也体会一下，毕竟喝那么冰的东西，怎么说对胃也是个负担，就算没有什么医学知识，也无妨理解，这应该算是常识吧。我嘛，也是凡人一个。只第一罐儿喝这么冰的，到了第二罐儿的时候，还是多少温一些为好，否则把胃给冻上了，可就怎么也没法让人开心起来了。

在老北一边啰里啰嗦地絮叨一边把那罐冰啤酒喝了个底儿朝天的时候，四迷已经从冰箱中取出速冻饺子，准备煮饺子当两个人的晚饭。

"还没吃呢吧，一块吃点儿饺子？猪肉茴香馅儿的。"

——嚯！猪肉茴香，猪肉茴香。

老北搓了搓手，一副跃跃欲试的样子。

——四迷老弟，实不相瞒，饺子可是我最喜欢吃的，而饺子中，又数这猪肉茴香馅儿是毕生挚爱，不过不过，哎呀，早知道我就不吃了，刚进肚儿了吃食，就在楼下的煎饼摊儿，路过的时候闻见了香味儿，一时没忍住，现在……

老北拍了拍自己的肚子。

——还在这儿呢。今天就不吃了，来找你是想问问，上回你说的互助会的事儿……

四迷连忙把速冻饺子放回冰箱，然后又拿出两罐啤酒，自己打开一罐，仰头喝了一口，又把要递给老北的那一罐拿在手中，做出要开的动作。

——哎哎哎，我自己开我自己开，你说说，老上你这儿来蹭吃蹭喝的，真是过意不去。对了，互助会的事儿，这半个多月过去了，看你也没跟我联系，我这不就厚着脸皮过来找你问问，那个，有什么最新进展吗？要是太为难的话……

"我都已经安排好了！正准备和你联系呢。"四迷明显来了兴致，他转身从桌子上拿起那张写有电话号码的纸条，递给老北，"这个，是互助会一个朋友的电话，已经打好招呼了，互助会叫'幸存者'，你和这个人联络一下吧，把时间、地点什么的都确定下来。"

——行行行，我待会儿回家就打去，四迷老弟，你这效率可真是……

"你就跟我们家打呗。"四迷打断了老北将要开始的絮叨，既然老北已经主动地把这件事往前推进了，他想干脆一次到位，今天就确定下来，以免老北回家后，又出什么岔子。

四迷拿来一支笔，然后把老北推到沙发上，看着老北拿起电话听筒，按下一串数字号码。

——喂……请问是，那个，"幸存者"吗……啊您好您好……我是一个朋友介绍的……对对对……是，是是，想戒啊……嘻，尝试过，都尝试过……噢，明白……我是真的想戒……没问题没问题……是吗，那太好了！（老北抬头看了四迷一眼）……您稍等一下儿……您说……好嘞，都记下来了……好嘞，周六下午两点，东四十二条东口，您戴着藏蓝色渔夫帽……好嘞，没问题没问题……我会好好准备的……好嘞，多谢多谢……嗯，好嘞……再见。

挂了电话，老北把剩下的半罐啤酒一饮而尽，冲着四迷勾起一侧嘴角，得意地笑了一下。

——搞定！礼拜六下午两点，正好还没安排事儿，整个见面会大约持续三个小时。作为第一次加入的新人，那哥们儿让我准备一下，和大家讲讲自己的故事。四迷老弟，我跟你说，我这个人虽然一无是处，但是有一点是连我自己都很佩服的，就是一旦决定要做什么事，就会非常认真。今天我就不在你这儿多待了，我要回去准备一下儿我的发言稿，第一次，可不能马马虎虎，都说了，万事开头难，好的开始是成功的一半嘛。而且那哥们儿还说，互助会里有一个朋友，和我的情况很相似，那个朋友在坚持了半年多后，失眠和幻觉都绝迹了。不错不错，今儿我没白来，不光喝到了冰啤酒，还把事儿就这么干净利落地搞定了，我就说，今天这么蓝的天儿，肯定有好事儿。得了，那我就先颠儿了啊，回头等我去参加完互助会，咱们再联系。

说完，老北便要起身离去。

"着什么急走啊！"四迷现在的心情也颇好，甚至想多听听老北的那些苍蝇嗡嗡般的絮叨，不对，此时那絮叨虽还是嗡嗡般的，却已悄然从苍蝇变成了蜜蜂。说来也奇怪，同样都是勤劳地为了生活而奔忙着，一个惹人厌，一个却被写进歌中、画到画上，不时出现在小朋友们的童谣里。

——也不是着急。

老北在门口转回身对四迷说。

——多待会儿倒是也无妨，不过，四迷老弟，我说了你可千万别生气啊，我那儿……嘿嘿，实不相瞒，还有那么几根儿……扔了也怪可惜的，你说是不是？那可是我花了大价钱，托可靠的朋友从老远的地方带过来的，着实不容易呢，咱不能浪费啊，是这么回事儿吧。我呢，确实有戒掉的决心，这决心的第一步嘛，就是把它们都给解决掉……嘿嘿，四迷老弟，别，别动怒啊，这才是真的下定决心了呢，你说是不是，全部都解决光了，以绝后患！

老北拍了拍四迷的肩膀，露出像小孩子般不好意思的神情。

虽然已是傍晚，但那抹弥散开去的火焰般的晚霞，还是无声地昭示了它曾拥有蓝天这一事实。

今天，还真是个好天气。

第三话
重新组合

四迷不相信这个世界上有一个能真正理解自己的人存在。

但如果真有这样的一个人，只可能是老北。

声三小姐（雾气隐隐）

四个月前。

声三小姐坐在一家小酒馆的靠窗位置，一边呷了口杯中的起泡白葡萄酒，一边看着窗外由远而近走来的四迷。

在知道四迷因照顾家人而失业后，声三小姐约过他几次，但都被四迷婉拒了。声三小姐了解四迷，她知道四迷的性格，不想给别人增添麻烦，也不愿将自己的压抑情绪释放在朋友的身上。但正是因为这点，声三小姐才决定一定要和四迷见个面。其实她知道这个时候任何语言安慰都是杯水车薪，但她还是觉得有必要让四迷知道，如果四迷有什么需要帮助的，她会尽力而为。

声三小姐这次没有约四迷，而是直接来到他所在的医院。

在向护士站打探到四迷家人的病房后，声三小姐出现在病房门口。远远地，当四迷看到她后，脸上立刻现出了复杂的神情，说不好是高兴更多，还是抵抗更多。

他们来到楼道间，声三小姐表明来意。

"我在楼下那个小酒馆等你，反正你总要吃饭，给我一顿饭的时间就好。你吃饭很快，我知道。不多耽误你时间。"

四迷笑了笑，答应了声三小姐。

"就不吃饭了，实在也没什么胃口。不过你得稍等我一会儿，等这瓶液输完了，没什么事了，我就去找你。"

声三小姐喝到第三杯起泡白葡萄酒时，终于等来了四迷。

在等待的时间里，声三小姐一直想着刚才见到的四迷。虽然刚刚才见面，声三小姐却奇怪地发现，她竟然无法准确地在脑海中勾勒出四迷的容貌，唯有"形容枯槁"这四个字，一直在她的意识里蹦来蹦去，不断地刷新着自己的存在感。而四迷的脸，则像是躲在刚刚烧开的水后，被蒸腾起的水蒸气模糊了，不是绝对意义上的看不见，而是恍惚，觉得雾气将要散尽，隐约可以看清了，没想到又迎来一团更加浓重的雾气。就是这种感觉。

四迷走进小酒馆，站在门口环顾了半圈，看到正在向他招手的声三小姐。四迷回以一个微笑，朝着声三小姐走过去。

坐定后，声三小姐问四迷要不要吃点什么，四迷说，不用了，每天在医院订的饭，家人都吃不了，他就会把剩下的都吃光。

"虽然有时候一口也吃不进去，但还是会强行往嘴里塞一些，没办法，还要往下熬日子。你吃了吗？"

声三小姐摇了摇头。

"就光喝酒啊？不行，你得吃点儿，伤胃。"四迷拿起菜单，想给声三小姐点些什么，却被声三小姐夺过菜单。现在四迷手中握着的，从冰冷的菜单，换成了声三小姐的手。

"我了解你。"声三小姐缓缓地说，"我也希望你能了解我的心意。"

手中的温暖，传递到四迷体内，蔓延周身。

"现在家人怎么样了？"声三小姐收回手，重新握住杯子，以掩饰有些不好意思的心情。

"治疗已经停止了，现在就是做一些……"四迷不想说"临终关怀"这四个字，所以换了一种说法，"做一些能让身体舒服一点的工作。"

声三小姐一下不知道该说什么，也不知道此刻该配合怎样的表情，来传递给对面这个人。

"没事儿，你不用担心我这儿了，我早就做好准备了，放心吧。"四迷配合着自己的话语，辅以一个笑容，"你怎么样？上回在街上碰到你，也没多聊一会儿，最近还好？"

"还好。"简短的两个字出口后，声三小姐下意识地低下头，望着杯子中一个个升腾起的气泡，还有酒面上映出的四迷的倒影。

"你知道吗，你有一个习惯动作。"四迷说。

"嗯？"

"你每次欲言又止的时候，总会低头，你从来没发现吗？"四迷笑着看着声三小姐。

声三小姐也笑了一下，又下意识地低下头，但她随即发现了自己的这个举动，又把头抬起来，这回是开心地咧开嘴笑了两声。

"你看，我说对了吧，说说吧，你是有什么事儿吧？"四迷问。

声三小姐刚刚办完离婚手续，就在她来医院找四迷的前一天。

声三小姐和丈夫的婚后生活倒也没什么实质性问题存在，他们过着平常的日子，平常得像是不刻意体会就根本无法注意到的呼吸般。

　　声三小姐和丈夫、婆婆住在一起，一间不大的房子，这在婚前声三小姐就已经知道，她倒是没有丝毫的嫌弃或是犹豫，那时，她只想找一个人生活而已，至于生活在豪宅里，还是水泥管子中，对于她来说完全没有区别。问题就在于，可能她的丈夫也是这样的想法——找个人生活，而没有往这份生活中注入更多的情感因素。干嘛非要"找个人生活"——声三小姐和她的丈夫或许从来都没想过这个问题。

　　也许有个孩子会好一些——拿到离婚证的声三小姐这样想了一下，随即便将这念头扔到街边的垃圾桶里。

　　声三小姐的丈夫不喜欢孩子，他是坚定的丁克一族，声三小姐对于要孩子这件事本就没有什么欲望，便听之任之了。

　　虽然不想要孩子，但丈夫对于她的渴求却是与日俱增的。声三小姐起初并没有感到任何不适，她虽然对那件事不那么热衷，但也不至于到麻木不仁的程度，而且她能很好地配合丈夫的节奏，在大多数时间，用一些纯熟的表演技巧，让他们之间的性生活最起码看上去还算和谐。

　　但疲惫感就像是一粒一粒堆积起的海滩沙堆一样，早晚会被渐渐涨起的潮水在一瞬间冲毁。

声三小姐的这种疲惫感，源自丈夫趴在她身上时那一脸如塑料人偶般的表情，和他只是一味埋头苦干，像在赶着春播前犁好地一样专注耕作，而不带有任何情感。

丈夫的这种表现，让声三小姐想起大学时，和同宿舍的几个女孩一块看的一部影片，其中有一个情节，一个青春期男孩在和充气娃娃做这件事时，就是这样的状态。

想起这件事，声三小姐便更加消极，连那些表演技巧也不再遵循，声音不出，表情不变，互动没有——这样一来，不再表演的声三小姐觉得自己真的变成了充气娃娃。真是恶性循环。当然丈夫也并没有因声三小姐的变化而有所触动，或是沟通。他倒是很乐此不疲地扮演好自己的角色。

而且丈夫还不喜欢在晚上两人同塌而眠的时候渴求她，那时候的他，总是伴随着吧嗒嘴的声音香甜地入睡。丈夫总在一些特殊的机会被创造出来时，显得欲望勃发。

每次，只要声三小姐的婆婆出门买菜，或者下楼遛弯，丈夫就会把声三小姐拉到卧室，利用这短暂的时间，疾风骤雨般，慌乱而迅速，带着始终一脸麻木的表情。到了后来，只要婆婆在门口换鞋准备出门，声三小姐就自己走向卧室，躺在床上，望着天花板，准备接受丈夫毫无感情的发泄。

在其他时候，他们也缺乏对生活的揣测，任由生活在自己的身边缓缓流逝，生活在缺少了他们的关爱后，幻化成一只本性自由的猫，骄傲地竖起尾巴，头也不回，轻巧地蹿上房檐，毫无留恋地一去不回了。

声三小姐和丈夫最后一次做的时候，她望着在自己脸上四十厘米左右位置的丈夫的脸，凝视了片刻，然后，声三小姐搂住丈夫的脖子，将他的脸拽过来，吻了一下他的脸颊，然后在他的耳边喘息着说了句——这次，慢慢来吧，时间长些。

此时的声三小姐已经决定好了，将这段不知道能不能称其为感情的记忆结束。

离婚的过程顺利得不同寻常，声三小姐想象的种种情况都没有发生，当她缓缓地说出"分开"这两个字后，丈夫只是端起杯子，喝了一大口浓茶，然后点了点头，对她说："过两天等项目结束后，我请天假，咱们去吧。"

平静地开始，平静地经过，平静地结束。

这段生活，就像是蒙上一层雾气般，让声三小姐在回忆时，总是看不清它本身的样子。

如果刚才四迷提出问题的正确答案是这个的话，那声三小姐倒是可以花上一些时间，好好倾倒一下心中的压抑。可她知道，现在并不是说这件事的好时候。

"对了，有件高兴的事儿，和你分享一下吧！"声三小姐想起了件能给其以鼓舞的事，继而说道，"你还记得我和你说过的，我大学时候有段在墨西哥的经历吗，洛阿·查瓦娜。"

"记得，你们后来不还经常通邮件呢嘛。"

"嗯，她下半年要来中国了。虽然我们一共相处的时间也没有多久，但就像是生命中很重要的一个人一样。我还真挺想她的。"

"毕竟在一个相对封闭的环境里，一起经历过那么大的事，能共同拥有这样的一份记忆的人可不多。"

四迷喝了一口红茶，感受到那暖流沿着喉咙，直抵心中。声三小姐也呷着白葡萄酒，两个人陷入短暂的沉默。四迷微抬眼神，看了一眼声三小姐，他本想用"今天谢谢了，等我不忙了再好好请你吃顿饭"来结束今天的见面，可这份不期而遇的闲适时光，安然躺在他的手心里，渐渐僵硬了他的双手，让他无法松开。

"对了，洛阿·查瓦娜，她是来旅游吗？"四迷找到一个话题，可以再享受一会儿这样难得的时光。

"她主要是来参加一个北京大学精神卫生学院的合作研究项目，顺便也来北京逛逛。"

"她以前来过中国吗？"

"从未。"

"到时候我请你们吃饭，去鼓楼那边儿，我知道有个小饭馆，折箩做得特别地道，让她尝尝老北京的吃食。"

"嗯，欠我顿饭，我记下了，"声三小姐笑着说，"真是没想到，还能和她见面。"

四迷点点头——生活不就是这样，到来的虽然并不都是好事，但也不会一直吝啬为你拨开虽淡然却恰巧遮住眼神的迷雾，现出前行的轨迹来——四迷一边将红茶杯上腾腾冒起的温热雾气吹散，一边这么想着。

"生活也不总是坏事，"声三小姐悠悠地说着，这句话让四迷一愣，他恍惚间觉得声三小姐好像窥到了刚才自己的内心所想一样，"有时候就会给你一些期盼，在收到查瓦娜的邮件时，我就是这么想的。"

胡同里已经没什么人了，只有一只流浪猫在一棵槐树下，闪着两颗夜明珠般的眼睛，看着四迷和声三小姐。

医院住院部大门口，声三小姐轻轻地拥抱四迷，在他的脸侧简单地说了一句，"加油"。

折箩（见面）

从最后一次见到老北，到现在面对洛阿·查瓦娜，中间过去了将近三个月。在近三个月的时间中，老北并没有完全失联，他会时不时地给四迷打个电话，絮絮叨叨地聊上一会儿。四迷曾尝试提出见面的要求，都被老北以各种借口拒绝了。

在老北避而不见的这段时间里，失眠症这个小东西又悄无声息地返回四迷身边，它试探性地在每一个无边无际的漫漫长夜中，相伴四迷的侧榻，无辜地望着辗转反侧的四迷。

不可否认的是，我们只有在失眠的时候，才会发现"漫漫长夜"这个词的具体含义。长夜，是不属于已经熟睡的人们的。

四迷扯自己头发的毛病，也在某一个好不容易睡着的深夜不请自来。当浅睡刚刚来临，半梦半醒，还没有完全失去意识的时候，他被一阵熟悉的刺痛惊醒。恍惚的黑暗中，四迷看见了手指上缠绕着的头发，他想到，这是刚刚才死去的、自己的一部分。

四迷一骨碌下了床，穿好衣服，倒了一杯温水，打开电脑查看监控画面。这还是当初照顾家人时，为了弄清楚自己晚上刺痛而醒的原因才装上的监控。从不再失眠到重新失眠的这段时间，四迷任它自己在那里孤独着，一直也没有理会。

四迷手指间燃着的烟，飘飘袅袅，铺陈在他的视线与电脑屏幕之间，让屏幕中他那如坠噩梦般的表演，多了一分奇妙色彩。与第一次看到摄像头记录下自己无意识地在发间扯动、缠绕不同，这次的四迷在表演中增加了更多的抵抗行为——

摊在床上的一根手指微微颤动，然后第二根也开始颤动，继而，整只手缓缓抬起，沿着床铺的平面爬升，往头上伸去。在伸过去一些的时候，那手停在半路，前前后后踟蹰移动着。

看着这幅画面，四迷突然恢复了一些那时的记忆。他恍惚记得，当时自己是有意识的，知道手正在朝着头发移动，他想控制住手，缩回被窝，可不知什么原因，自己想的和自己做的并没有达成一致。

就这样，四迷的手在半路徘徊了十几秒后，义无反顾地朝着目标前行。这段记忆在四迷的脑海中是空白的，所以他只能看着画面中自己的手指，伸进头发中，不断地摸索着，然后，手指缠绕上了几缕头发，缠绕的过程中把它们打成一个死结。这还远未到表演完成的时刻，四迷的手指探入死结捆绑住的两缕头发中间，往头皮相反的方向撕扯，不断用力，发起最后的冲击。

最后，电脑屏幕中的四迷猛地睁开眼睛，定定地看着此时身处画面之外，坐在电脑屏幕前的自己。

一个屏幕里的，一个屏幕外的——两个四迷，中间隔了一层燃着的烟产生的青蓝色雾气，就这么彼此看着。

原来自己看着另外一个自己，是这样的感觉。猛然间，这种感觉莫名变得熟悉起来，这不同于照镜子时看到的自己，因为那时看到的，是由自我意识支配的自己，镜子外的四迷做出什么样的动作，镜子中的四迷也会同样效仿。而此时看着屏幕里并不受控制的自己，四迷觉得，这场景带来的气氛竟如此熟悉，他顿时感到一阵不由自主的战栗。

四迷把燃尽的烟扔进"烟灰缸"，然后拿起杯子喝了口水，嘴中的异物感让四迷一下将水吐了出来，掉回水杯中的除了棕红色的水以外，还有只剩下过滤嘴的烟蒂。

第二天，四迷觉得不能再这样漫无目的地等待下去了，他隐隐觉得，老北可能是出现了什么问题。四迷拨通了声三小姐的电话，他想起声三小姐和他提过洛阿·查瓦娜要来中国的事情，算了算，现在的时间应该差不多了。走投无路的四迷，只能厚着脸皮麻烦声三小姐，希望能请专业人士，给他和老北一些专业的帮助。

在洛阿·查瓦娜还未来到的这段漫长的时间，四迷已经等不及，他想把老北的事情以文字的形式详述出来，让声三小姐先发给洛阿·查瓦娜。但洛阿·查瓦娜拒绝了这种做法，她说："我一定要和四迷面对面，听他讲述整个过程，做出判断的成功率才能稍高一些。"所以声三小姐只是简要地把"有这么一件事云云"对洛阿·查瓦娜说了，却对四迷和老北的详细情况只字未提。

幸好有先见之明的洛阿·查瓦娜没有采纳四迷的建议，因为当四迷最终见到洛阿·查瓦娜的时候，他想向洛阿·查瓦娜寻求的帮助，已经发生了翻天覆地的变化。

一开始，四迷想向洛阿·查瓦娜寻求帮助，是由于在老北答应去幸存者互助会的前一天晚上，四迷最后一次见过老北后，他就和老北失联了。这个意外情况让四迷觉得，老北可能是因为这种治疗方法而产生了什么没有预料到的副作用，就像是第一次吃酒石酸唑吡坦时，老北的意外状况一样。

可让四迷没想到的是，在之后的一段时间里，情势急转直下，朝着四迷完全无法理解的方向失控般疾驰而去。到了最后，四迷对于洛阿·查瓦娜的渴求，更像是一位在海难中幸存的落水者，急于攀上浮木般。

终于，四迷总算是挨到了攀上洛阿·查瓦娜这根浮木的一刻。

在一个洒满星斗、天空晴朗的周二晚上，声三小姐和洛阿·查瓦娜如期而至。之前听了声三小姐的描述后，洛阿·查瓦娜出于职业敏感性，痛快地答应了见面，并让声三小姐不要那么客气，这毕竟也是自己的兴趣所在。

在洛阿·查瓦娜刚刚坐定在二楼露台的木藤椅上时，四迷就马上开口，那样子仿佛是要用一口气，把一年多来发生在他和老北身上的所有事情都一吐为快。在四迷说了一阵老北的事情后，洛阿·查瓦娜突然打断了他的叙述，淡淡地对声三小姐说了一句什么，声三小姐翻译给四迷听——说说你的事吧，先别提老北，只说你。

无论四迷怎样有意或无意地把话题引向老北，随后都会被洛阿·查瓦娜纠正过来，重新回到介绍自己的事情上。

直到小饭馆快要打烊了，四迷还没有把自己这一年以来的事情讲完，当然这里边要刨除声三小姐将不同的语言来回转换的时间，但就算把这些客观因素都排除，四迷也惊讶地发现，原来在自己身上发生了那么多平常根本没有刻意注意到的事情。

第一次和洛阿·查瓦娜的见面，更像是面试时的初期阶段，当面试官落座后，被面试者便缓缓道出早已烂熟于心的过往经历，面试官只需奉出耳朵，仔细倾听便可。

让四迷感到难以理解的是，洛阿·查瓦娜为什么对他所说的老北的事情仿佛毫无兴趣，反而在他描述自己的一些经历时很是上心，那认真的神情，早已跨过了语言的隔阂，而通过一种气氛，直抵四迷意识中最隐秘的角落。

冷藏—冷冻，冷冻—冷藏

　　在老北和幸存者互助会的联系人"牢友"通过电话之后的那个
周六,四迷特意在上午的时候去了趟超市,将装有新鲜蔬菜、熟肉、
烙饼和啤酒的袋子拎回家。他料想,结束了第一天的聚会后,老北
可能会不请自来,和自己啰里啰唆地说说这鲜有人体验过的经历。
如果老北乐于接受互助会的帮助,愿意继续尝试下去固然好,不过
如果产生了抗拒不想再去的话也无妨,再想别的办法就是了。

　　四迷将所有菜都准备齐全,只待老北一来就开炒;烙饼和熟肉
放在锅里,只要稍微熥熥就能吃了;还有最重要的事——四迷把啤
酒放在了冷冻层里,这样就能达到老北描述的那种"冰"的程度了。

　　晚上六点已过,晚霞虽弥漫得旖旎,但初秋的太阳还迟迟不愿
离去,各家的炒菜声混合着欢愉的肉香味,从开着的厨房窗口传了
进来。

　　四迷把冰啤酒从冷冻层拿出来放到了冷藏层,以让啤酒虽冰但

还不至于到冻上的程度。随后，四迷顺便从冷藏层拿出一罐不那么冰的啤酒打开，站在窗户前，看着小区里陆陆续续归家的人们。

这些拖着疲惫身体归家的人是幸福的，一进门就有一桌丰盛的酒菜等待着自己——人生至幸。

时针经过七点，挪动了以肉眼难辨的微小角度，四迷把啤酒又从冷冻层放到了冷藏层。冷冻到冷藏，冷藏又到冷冻——这个动作四迷已经重复了五遍，啤酒在微微冻住与化成液体间也徘徊了五次，这个过程，虽然只是在零摄氏度那一线间向上或向下跨过了一步，但它的性质也就在那一线间发生了翻天覆地的变化。

四迷好像看到，冰啤酒内的一个水分子从结晶脱离，环顾了一圈后，开始向结晶的相反方向自由地游弋而去。它不会再回到原来的位置，这导致整个结晶出现扭曲，并逐渐扩大，冰啤酒缓缓化开，最终结晶分解，变成了液体形态。

四迷从微腾着热气的锅中拿出一沿烙饼，卷上些熟肉，坐到沙发上，拨通老北家的电话。他在一边咀嚼着烙饼一边含混不清地给老北留完言后，仍然不动。

四迷觉得自己就像是冻起来的啤酒，等待着敲门声把他从零摄氏度的一边拉到另一边，让他快点解冻。

最终，四迷什么也没有等来，无论是电话中老北的回复，还是久久未响起的敲门声。

接下来将近一周，四迷一直是在这种状态下度过的，在家的时候，他就把自己从冷冻层放到冷藏层，过一会儿，再把自己从冷藏层放到冷冻层，体会着不同状态的自己来回往复地切换着。

有一天，四迷在窗口一边望着小区景致，一边计算着时间，准备将自己拿到冷藏层解冻，突然看见一个背影极像老北的人从视野中穿过。四迷不待换鞋，趿拉着拖鞋便匆匆奔向楼下，可直到疾行出小区大门，他也未见到刚才所见之人。往回走时，四迷才想起，出来时着急，一疏忽，竟钥匙也未带。

四迷敲开一楼邻居的家门，邻居邀他进屋，让他给开锁公司打了电话。刚进家门，四迷做的第一件事就是把自己从冷冻层拿出来，这次由于冻得比较久，在晃动时已经完全感觉不到液体的存在了。

这也许是生活给他的一个提示，守株待兔是等不到老北的。四迷又高兴起来，他从刚配好的几把钥匙中拿出一把，下到一楼，拜托邻居家留一把，以防他哪天又忘带钥匙，邻居狐疑地看着四迷，经不住几番推脱，还是收下了钥匙。

第二天起，四迷便从起床开始，到准备入睡之前，中间的这段时间都在小区里晃荡，走累了就随便找个石凳坐下歇会，中午就买个煎饼吃。他不再理会冰箱里的自己，也忘了最后是把自己放在了冷藏层还是冷冻层，四迷只游荡在生活给他的提示中，任由家里冰箱里的自己，或固态或液态地独自沉默下去。

在吃了二十三套煎饼（第一天由于没有适应，太饿，晚上一口气儿吃了三套），走了二百三十千米后，四迷结束了按照生活提示去探索的一周。

如果不是周日晚上，拖着没有知觉的腿上楼准备回家，突然闻到从别人家的门缝飘散到楼道里的水煮鱼的味道，四迷可能还要继续吃煎饼馃子，继续自己的长征，继续笃定地按照生活给他的错误提示，一路吃下去、走下去。

不过，幸好，就在老北失去联系的第二周马上就要过去的时候，四迷终于听到了老北那久违的嗡嗡絮叨声。

从别人家门缝中努力挤出来，弥漫到楼道里的水煮鱼的味道，在看到正好有个人出现在眼前时，毫不犹豫地将自己抛掷过去，缠绕到四迷的身上。水煮鱼味道找到了一个同行者，随即变得不再孤单。

四迷回到家后，身上还未散去的水煮鱼味道，很好地证明了他们一路同行这一事实。四迷趁着这味道还未消失，连忙来到电话前，准备拨通声二小姐的电话。

刚才在楼道中闻到那水煮鱼味道的一刹那，四迷愣了一下，他敏感地知道，有什么马上就要窜入脑海中，四迷没等多长时间，就在两三秒钟后，四迷狠狠地拍了一下大腿，窜入他脑海中的，正是声二小姐。

四迷埋怨自己，早就该想到——如果声二小姐能再让司机师傅，通过小年轻儿直接联系"牢友"，就能传话给老北，甚至可以直接去一趟互助会，一切就都能解决了。

虽然夜已经深了，四迷犹豫了片刻要不要明天再打给声二小姐，但心里抑制不住的冲动，还是让他把手放在了电话上。

就在那一刹，电话铃声毫无预兆地响起。

——四迷老弟，是我。

电话听筒中传来熟悉的问候声。

"老北啊。"

长话如旧

　　——四迷老弟，抱歉啊，真的是非常抱歉，这么久也没跟你联系，确实是我不够意思了，按理说应该在第一时间和你联系一下儿的。你的那些留言我都收到了，抱歉，抱歉。尽管错都在我，但是也希望你能理解一下儿，毕竟我现在的状态……怎么说呢，很差，同时又很好，不必着急，且听我慢慢说，都会原原本本地如实相告。放心，既然主动给你打电话了，就是为了做这件事的，一次全都告诉你。先说差的方面吧，把好的留在后边，让你也替我高兴高兴。

　　首先要相告的是，我也辞职了，主动辞的。也想通了，工作这东西，满大街都是，无非只是换取一些能让自己活下来的物质基础而已。四迷老弟，实不相瞒，我可没有什么梦想啊、抱负啊、志向啊那种东西，打小儿就没有，说是胸无大志也好，没出息也罢，废柴一个也不为过。梦想是什么玩意儿，体会不来。简单地说，如果我现在账户里有个几百万，我就什么也不干了，生命里只剩下四个字：吃喝玩乐。所以工作到了连煎饼都吃不起的时候再找即可。当然了，工作辞了也是因为目前状态的原因，差，实在是太差了。每天昏天暗地的，白天不像白天，看不到太阳，晚上也没有个晚上应该有的安逸的样儿，整宿整宿睡不着觉。真想和谁打上一架，豁出全身的力气。失眠这事，难就难在这儿了，不是你豁出命去奋力一搏就能办到的事儿，反而越是想发力，就越觉得无力可发，这就不细说了，我想四迷老弟你，也是一定能体会的。没错儿了，就和你当初失眠时一模一样，丁点儿也不差。晚上更多的时候在折磨中度过，白天自然就更无精打采了，拉着窗帘，二十四小时都不打开。能睡就睡上一会儿，不过大部分时间都是醒着的。有一次倒是也撩开了窗帘一下儿，然后你猜怎么着，我的妈呀，我看见外边突突突地窜出了三个太阳，还不停地轮转着，树都燃了，玻璃都化了，土地都流走了，三股太阳光骤聚在一起，汇集成了一股光柱直射过来，晃得我呀，那难受劲儿就甭提了。我赶紧就把窗帘又拉上了，闭上眼好一会儿，才算是缓过来一点儿。几天没吃东西也不觉得饿，几天没喝水也不觉得渴，只是很想企次，还有四迷老弟你，想有个人能在身边，哪怕不说话，一块儿就那么待着也好。当然了，这种状况下，实在是不想让四迷老弟你看到的，除了徒增些担心，又能起到什么作用呢？

至于企次嘛，也不再来了，还用说，既然是那烟创造出来的朋友，他便没有了再次出现的能量。这就是我要说的好的方面。四迷老弟，差的已经听我絮絮叨叨说了这么多，恐怕是早就烦了吧，下面就给你带来些好消息。我去了互助会，这是当然的，请四迷老弟放心，费了那么大劲儿帮我，我再怎么混蛋，也不可能不为所动。效果暂时还说不好，总之是一群志同道合的人在一起，努力朝着好的方面前进，我想，多多少少是一定能看到效果的，只不过这还需要时间。

明白吗，四迷老弟，这就是我要和你说的——请给我些时间，多给我一些，让我能适应新生活。

四迷老弟，拜托了。

旧友们——活着的和死去的

听老北絮叨了一晚后，四迷恢复了睡眠。摄像头又被暂时遗忘在了那里，它的眼睛，一明一灭地闪烁，不去理会有没有人出现在它的视野中，只自顾自地凝神屏气，盯视着这世间不真实的渴望，和所有的孤独。

从第二天起，老北总会在适当的时间打来电话。所谓适当的时间——当然这是以四迷为主语说的，也就是四迷想知道老北的近况，和他在互助会的一些情况的时候。

每次通话过后，四迷便期待老北的来访，他还保留着"冷藏—冷冻，冷冻—冷藏"的习惯，待敲门声响起，能看到老北从冰箱里拿出冰啤酒，然后一脸享受地独自将其灌下。四迷不是没想过问问老北住在哪儿，以便下次再联系不上老北的时候，可以登门造访，但他随即想到了老北说的"请给我些时间"。

等待老北完成蜕变的这段时间，四迷见到了一些旧友，这次见面纯属被动使然，因为他参加了一个同学的葬礼。

那个和他同龄的同学，因感染了HIV病毒，在病情后期出现重症感染合并多器官功能衰竭，年纪轻轻便早早地告别了这个世界。

毕业近二十年，四迷和那个同学就见过一面，时间不超过五分钟，除此之外完全没有联系。在去葬礼现场的路上，四迷一直回忆同学的脸，可直到看见同学恬静地躺在那里，四迷才将其与自己记忆中的模样大致对上。

和这个同学的交集，在四迷印象中有两件事极其深刻。

第一件事是在上学时发生的。

四迷陪同学去"宝龙"买东西，他们先去了一个在米粒上刻字的店铺，同学买了两个吊坠小瓶，然后请刻字师傅把自己的名字刻了两遍，分别装到吊坠小瓶里。四迷问他，干吗买两个一模一样的，同学说，送给两个女孩，当然买两个了。

同学说完这句话后，四迷再看向两个小瓶，发现同一个名字竟然呈现迥然不同的两副模样。

把小瓶分别装进两个衣兜后，同学又拽着四迷去了一个挂满"古惑仔"电影海报的摊位。在这里，同学暴露了他对于数字近乎病态的敏感和偏执。

同学在摊位前左顾右盼地看了一会儿，最后挑选了一条心仪的钢链腰带。他向老板问了一下价钱，思索片刻，然后又问，能不能便宜点儿。老板连眼皮也没抬，便迅速报出一个稍低一些的价格。很显然，第一次报价明显虚高。

同学倏然皱了一下眉，脸上现出一种别扭的神态，有点像是突然闹肚子，腹中绞痛的感觉。拿着那条钢链腰带无言了一会儿后，同学接受了老板的第一次报价。这次，轮到老板"闹肚子"了，他一脸诧异地看着同学，像是在看一个傻子。

离开"宝龙"，在开自行车锁的时候，四迷问同学原因，同学说，不想接受那个数字。四迷问，不喜欢那个数字吗？同学说，也不能说不喜欢，只是不希望这个数字出现在这里。

第二件事是在他们毕业后大概第十年发生的。

四迷和一个相熟的朋友在鼓楼附近吃饭，聊到彼此的学生经历，两个人惊讶地发现，原来他们认识的很多人都有交集，其中就包括四迷这位十年未见的同学。

四迷的这位同学，竟是四迷朋友的发小儿，而且还住在同一个大杂院里。四迷和朋友吃饭的地方离大杂院很近，于是朋友建议，一起去他家待会儿，顺便还能和四迷的同学见见面。

"不过，他现在好像思维有点儿不同常人。"朋友这么跟四迷形容那位同学。

"怎么？"

"不知道，就是感觉吧，可能和他离婚后一直没有工作有关，脱离社会这么久，身边又没有亲近的人，"朋友指了指自己的太阳穴，"这里多多少少会有些问题吧。"

"离婚又失业了，听着够惨的。"

"要我说啊，也怪不得别人，"朋友将脸凑近四迷，然后压低声音说，"他染上HIV了，搁谁都得跟他离婚呀。"

"HIV？"四迷不解地问道。

"小点儿声，就是艾滋病。"

"啊？"

朋友意味深长地点了点头。

"这是，不治之症吧……他没去医院？"

"HIV病毒主要是攻击免疫系统，并不是直接致命，他原来身体还挺好的，估计短期内也没什么事儿，不过看他现在这状态……"

朋友摇了摇头，叹了口气，"上回我们家炖排骨，我给他拿了点儿过去。一进屋，就看见他坐在床上，周围摆了一堆模型，就是那种自己拼起来的，飞机呀坦克呀什么的，摆了一圈儿，给自己围起来了，跟神经病似的。哎我说，你还去吗？我倒是没什么事儿，毕竟我们一个院儿住了这么长时间了，就怕你硌硬。"

"没事儿，"四迷说，"这么长时间不见了，也想见一面儿。"

四迷和朋友走进大杂院后，朋友就喊了声那位同学的名字，没有回音。就在四迷想他是不是不在家时，十年未见的面孔出现在一条门缝中。

一开始同学没认出四迷，在四迷说出自己的名字，又说了一些上学时的往事后，同学才面无表情地"哦"了一声，坐到床上去了。他的床上摆满了各式各样的模型坦克，有面对面用炮筒互相凝视的，有排成一列正在赶赴某地的，也有履带朝天，像翻了个儿的乌龟一样，努力挣扎着想要重新爬起来的。

四迷站在不大的屋中环顾一圈，发现既无椅子也无沙发，没有任何可以稍微待待、聊几句的地方，甚至于气氛也在刻意给他们制造障碍般——同学根本无暇理会造访的二人，眼神只在他手中鼓捣的一辆模型坦克上不住流连。

四迷对同学说："这么长时间不见了，最近忙什么呢？"

同学转了一圈脑袋，用下巴指了指周围的那些坦克，没有说话。

朋友看了四迷一眼，四迷回以同样迷茫的眼神。于是，朋友朝门口轻歪了一下头，用这个动作询问四迷：要不咱还是撤吧？

四迷微点了下头，然后对同学说："改天有时间，咱们提前约，请你吃饭，聊聊。你忙吧，我们先撤了。"

在四迷以为同学将以沉默和无视，来送他们离去时，同学突然对四迷说："这里就是宇宙的中心。"

"你说地球吗？"四迷一怔，反应了一下才回应道。

"不，我坐的这个地方。"

之后，这个画面经常出现在四迷的脑海中，进而浮现在眼前，不停地萦绕着。并非四迷刻意回想，只是那种诡谲的气氛一直弥漫在他周围，久久没有散去。四迷想到同学说的最后一句话——宇宙的中心是我坐的这个地方。

也许他是正确的呢？在根本不知道宇宙的确切范围，并有可能永远都无法知道的情况下，怎么能证明他坐的那个地方不是宇宙的中心呢？至少，这种可能性是存在的。也许同学并不是脑袋出问题了，而恰恰是他成了第一个开了"天眼"的人，依靠某种未知的神秘力量，发现了我们一直渴望弄清楚，却怎么也弄不清楚的事情。

从同学家出来，四迷又去朋友家坐了一会儿，朋友给四迷沏了杯茶，自己也端起一杯喝了一口，然后指了指自己的太阳穴对四迷说："怎么样，你觉得他是不是这里出了什么问题？"

四迷还没有从刚才的气氛中脱离出来，只端着朋友递过来的茶水，一时无话。

"上次他还问我，院儿里有没有人养狗，说，老听见黑色的狗叫声，啧啧，狗叫就狗叫呗，还黑色的狗叫，这黑狗叫声和白狗叫声，莫不是还能听出什么区别不成？"

四迷蓦地想起曾在藤安迪那里听过的黑狗的故事，然后问朋友："你们院儿有人养狗吗？"

"里院儿有个小孩儿养过一只兔子，后来让野猫给叼走了，其他的动物就没见过，流浪狗倒是在胡同里见过，不过没进过院儿。怎么了？"

"没事儿，就随便问问。他是从离婚之后就变成这样了？"

"嘻，谁知道啊，不知道什么时候就那样了。原来他这人挺不错的，院儿里有谁家需要帮忙的，他都搭把手，虽然说私生活乱了点儿，但人家也都是你情我愿的。而且自从遇到他媳妇儿，他就踏实下来了，我记得他们婚礼的时候，他喝多了，还跟我说，终于找到一个能让自己过上正常生活的人了，他想这样的日子想了半辈子。

刚结婚的时候他们想要孩子，就去医院做检查，唉，谁想到一下就查出那毛病了。估摸着，他八成儿就是从那时候开始受了刺激了。"

"你跟他说院儿里没人养狗之后，他说什么？"

"他说哪天有空儿了要去找一只黑狗，说了好几次呢，上次我给他送排骨的时候还跟我说过一回，不过我估计，他也就那么一说，没事儿闲的找什么黑狗呀。"朋友喝了口茶水，然后猛地想起什么似的说，"哎我说，你怎么也对黑狗这么感兴趣呀？你不会也……"朋友指了指自己的太阳穴，给了四迷一个意味深长的眼神。

在四迷和同学那次的见面最后，将要出门时，四迷回过头来，看着坐在床上，被一圈儿坦克围绕着的同学，说了一句："有时间再见。"

再见，就是这次追悼会了。

很多我们以为还会见面的人，在我们没有意识到的时候，已经见了此生的最后一面。

四迷突然想起老北，随即打消继续往下想的念头，转而想起前几天看过的一部电影中的台词——"早上好啊！以防再也见不到你，顺便祝你下午好，晚上好，晚安！"

追悼会正式开始，四迷排在同学们的中间，绕着像睡熟般的那张脸一边走一边定定地注视了一圈儿。四迷前边的女同学哭了，她和躺在棺中已经睡熟的这个人上学时并无过多交集，可能只是此时的气氛使然；四迷后边的同学将手放在四迷的胳膊上，有些微颤。只有四迷看上去还算平静。

　　对于四迷来说，不久前已经全身心地参与了像这样的一次生离死别，他经历的那里边，有一开始的慌乱，被逼无奈前行的努力，无效的颓然，有一丝希望的兴奋，到最后不可遏制地放手，木然地等待。也难怪四迷现在碰见这种世事无常，可能会有一刹那的惊讶，却没有那么长久的、挥散不去的感触了。

　　四迷突然想到，如果人真的有灵魂，如果人死后灵魂还可以在这个世界上飘荡一会儿，那么殡仪馆的上空，一定是灵魂最拥挤的地方。

　　四迷想，反正如果是我，死后的灵魂一定要来这个地方，与那些久未谋面的、送我的人见见面，看看他们的表情，听听他们的唠叨，记住他们的眼泪，再挥挥手向他们告别。就像他们一个个地，在和我告别一样。

　　"太年轻了。"——这是同学们在离开那个飘散着拥挤不堪的灵魂的地方后，说得最多的一句话。一位同学建议大家中午一起吃个饭，没有人离开，所有人默默应允，开始珍视每一次的"最后相见"。

饭桌上，四迷没怎么说话，他扫过每一个发言的同学的面孔，又扫过和他一样沉默着的面孔，扫过来扫过去，扫了一遍又一遍。

四迷将同学们的样貌，和他们在自己记忆中发生故事时的气氛一一对应，发现，他们的眉眼间除了增添了几许皱纹，几抹淡妆，几多成熟，几分疏离外，还是过去那般模样。

谁说时间看不见，光阴躲在重逢间。

意料之外，一个又一个

送走同学的那天晚上回到家后，四迷拿起电话给老北留言，他本想说让老北来家里吃饭，可想了想老北的状态，便把留言改成了普通问候。这是这段时间以来，四迷第一次给老北留言。

第二天临近中午，电话铃声响起，恰在四迷刚把啤酒从冷冻层放到冷藏层之后。

"干嘛呢？"意料之外，电话听筒中传来的是声二小姐的声音。

"我啊，正想着吃什么呢。"

"还没吃呢？太好了，待会儿我找你去吧，中午有安排了吗？"

"你在哪儿呢？"问完后，四迷仔细侧耳倾听，听到一些细微的嘈杂声，像是在街上。

"就你们家附近的一个公用电话亭，我上午来这儿办事，现在办完了，找吃饭的地儿，突然想起来，这不就是你们家旁边儿嘛。到底欢迎不欢迎啊？"

"欢迎，当然欢迎了，我待会儿看看冰箱里还有什么菜……"

"别忙了，下午我还得回单位呢，待不了多一会儿，正好刚才看见稻香村，我买点儿熟肉和凉菜带上去吧，你想吃什么？"

"蛋清肠、羊肉串。"

"得嘞，你那儿有主食没？"

"馒头。"

"妙啊！熥上馒头等我吧！"

不多时，敲门声响起。四迷开门将声二小姐让进屋里，然后把她带来的熟食和凉菜拿到厨房准备装盘。

声二小姐不疾不徐地遛了一圈，然后拿起书架上一本看上去还崭新得如同刚拆封般的《小镇物语》，随便翻了几页，问四迷："你有这本书啊？那你还听我读的。"

"自己看和听别人读的感觉，可是千差万别的。"

"得了吧，你肯定是看了半天，看不进去了，才来听我读的。"

"你别说，还真是这么一回事儿！"四迷笑着说。

"这本书送给我了啊。"

"你要它干嘛呀？"四迷把熟肉、凉菜和煺好的烫手馒头都端上桌，然后坐在桌前，看着声二小姐径自把书装进随身带的包里。

声二小姐可能是没听到四迷的问话，她已经走到客厅，打开冰箱寻找了一番。

"你喝什么？我顺便给你拿过来。"声二小姐的声音从客厅飘过来。

"随便。"

"那就和我一样，啤酒吧。"

声二小姐拿着两听啤酒坐回到桌前，对四迷说："有一听儿凉的，还有一听儿特别凉的，你要哪个？"

"特别凉的吧。"

声二小姐翻来覆去看着两听啤酒，自言自语地说："为什么同样放在冰箱里的两听儿啤酒，温度差别这么大呀？"她抬起眼，对四迷说，"你们家冰箱莫不是坏了吧！"

四迷咧开嘴笑了一下，没有回答。

"喏。"声二小姐把更凉的那一听啤酒递给四迷，然后打开自己的那听，喝了一口，长长地从喉咙中发出"哈"的一声感叹，"哎呀，这个温度才是刚刚好，你别老喝那么凉的，小心再把胃给喝坏喽。"

四迷被啤酒冰得手心一阵麻痛，连忙把啤酒放到桌上。他想，那天老北就是喝着这么凉的啤酒吗。

"哎对了，"声二小姐说，"你刚才是不是问我什么来着？"

"我问你，要那本书干吗？"

声二小姐没有急于回答，反而问四迷道："你当时为什么选择看这本书呀？据我所知，这本书挺冷门的。"

"在书店看到，然后随便翻了几页，就被其中传递出的孤独感吸引了。"四迷如是说。

"那怎么又看不下去了呢？"

"可能是因为太孤独了吧。"四迷看了一眼声二小姐，继续说，

"所以就想看看有没有人在读，用听的，就像和另一个人一起感受，能减轻那种极致孤独的感觉。"

"我那本书，还有其他书，在我觉得不再喜欢那个男孩之后，就全都捐给图书馆了。"

"会有更多的人感受到那份孤独了。"

"敬更多的孤独。"

四迷手中的那听啤酒，被声二小姐的啤酒蓄力碰撞后，还混有些细碎冰碴，在圆弧形薄铝片薄贴片组成的封闭空间里来回游弋了一瞬，便进入四迷的身体，完成了使命。这些刚进入四迷身体的啤酒无从知晓，如果不是今天声二小姐的意外造访，也许它们一辈子都无法逃出那个小罐子，一睹另一个世界的景象了。

"你就自己住在这儿呀？"

"嗯，自己。"

"干嘛还安个监控？"声二小姐指了指房顶一角的摄像头说。摄像头看见有人关注到了自己，正襟危坐，一只红色的眼睛始终紧张地瞪着，眨也不眨。

"看自己呗。"

"二十四小时都开着？睡觉的时候也开着？"

"好像自从开了之后，就没再关过。"摄像头听到四迷的话，想点点头表示同意，却不知道怎么点头，只能玩儿命地发出一抹电流运转时的"嘶嘶"声。

"有意思！回头给我也看看，还没见过你睡熟了是什么样呢。"

听到这句颇让人联想的话，四迷疑惑，怎么会没见过呢？咱们以前……可当他想起声二小姐对于那个素描中的男孩的描述时，就把这疑问生生咽了下去，连一句带点儿荤腥的玩笑，也不敢开了。

"我睡熟了拽头发。"

"拽头发？怎么个拽法儿？"声二小姐停下将羊肉串送入嘴中的动作，问四迷。

"就是把一些头发缠在手指头上，然后扯。"

"哎哟喂，这是何苦？多疼啊。"

"我也弄不明白。"

"肯定是老在屋里憋的吧，没想着找个工作，或者找个女朋友？这两个，是都没有吧？就你目前的状态来说。"

"你说的这两个，确实目前都没有，而且完全没有想拥有的欲望。"

"工作倒是无所谓，反正上次听你说，积蓄还够花上一年半载的，是吧？"

四迷点了点头，就着酱肉吃了一大口热馒头。

"女朋友也完全没有想找的欲望吗？你莫不是心理变态了吧，喜欢男人？"

"何至于。"四迷苦笑了一下，摇了摇头。

"那就不好理解你目前的人生了。"声二小姐将手中的啤酒罐，兀自撞了一下放在桌上四迷的那听，然后仰头喝了一口。

"就是，还难以找到真实的感觉，所以便固守原地，不想向哪个方向移动。就像是有一句话说的：在错误的道路上，原地不动，就是进步。"

"嗯，后边那句话能明白，前边你说的什么来着……哦对，真实的感觉，这个没明白，具体说说。"

四迷怔怔地望着桌上的馒头渣，想了一下然后说："比如，现在咱们在这里坐着，吃着肉，喝着酒，而在离我们很远的地方正在发生一起犯罪——有个人发现钱包没了，有个人则从钱包里翻出了块儿八毛的；有个人不停朝周围看去找钱包，有个人则不停朝周围看去找逃跑路线。那犯罪真实地发生了，可在我们的世界里并不存在。我说的我们的世界，更趋向于意识范围内的概念，而不是空间或时间的概念。"

"可是如果丢钱包的是你的女朋友，对你来说不就是真实的了吗？因为她会找你来说这件事，不管是义愤填膺、哭哭啼啼的，还是骂骂咧咧的，你都接收到了她的那份真实，这不就是真实的感觉了吗？"

"嗯……你说的是因为关联而转化成了真实的，但……"四迷皱眉想了几秒，继续说，"我还是按照我的思路往下说吧。"

四迷看了一眼声二小姐，声二小姐随即朝四迷点了点头。

"我常在考虑什么是真实的——吹不凉不热的微风会觉得舒适，吃梅子会满嘴含酸，阳光迷晃了眼睛，毛虫挑起了战栗，看到这瓶子，"四迷拿起啤酒，举到半空中，"然后把它拿起来，它就是真实的存在吗？所有的这些，都只是大脑对外界的反应而已。如果这些都是真实的，那梦境呢，那些噩梦中的感觉不也是真实的了吗？所以我们才会心悸到喊叫出来，然后惊醒。如果噩梦也被定义为真实，那么未来科技发展到一定程度，创造出所有官能上的感觉，你无须动作便可行走，无须张嘴便可品尝，无须大笑便可欢乐，那还剩下什么是真实的呢？"

声二小姐在四迷说话期间，吃了两片真实的蛋清肠，喝了一口真实的啤酒，眨了五下真实的眼皮，捋了一下真实的头发，她不知道怎么继续这个话题，只真实地说了一句："怎么扯了这么远。"

"嗐，瞎聊呗。"

其实四迷想要表达的真实的感觉是：如果二十岁的时候有人告诉自己，十几年后你会是这般狼狈，自己肯定难以接受，但是当时间和生活一步步地将你裹挟到这里，一切就顺理成章了。

"我看啊，你就是自己待的，都快待出毛病来了。"

四迷咧开嘴哈哈大笑了两声，也觉得自己过于矫情了，让声二小姐这样没心没肺的人来收拾一顿就好了。

"哎对了，"声二小姐拍了一下桌子，像想起什么重要的事情，提高声调说道，"那个，那个那个，叫什么来着，你的那个朋友……"声二小姐闭上眼，皱着眉，做出一副努力思索的表情。

"你说，老北？"

"啊对对对，老北。他怎么样了？"

"他现在坚持戒烟呢，你别说，去了几次互助会之后，还……"

"等等，"声二小姐把手掌举在半空中，打断了四迷的话，她用略带疑惑，转而又像明白了什么似的，怜悯的眼神，看着四迷，然后说：

　　"他从来都没去互助会呀。"

真相大白——没有真相

挂上电话，四迷还是难以平复自己的心情。他本想给老北打电话，将内心混杂在一起不停旋转、翻涌、咆哮着的情绪，全部倾倒在留言电话中。但电话接通后，他只是重重地喘着气，一个字都说不出来。

四迷也不知道自己到底是愤怒，还是失望，或者挫败。那些不断搅攘的情感，深深地浸润到彼此中，像变异的细胞一样，进行着无限分裂，蚕食着对方的生存空间。到最后，蚕食掉对方身体的情感，也被对方蚕食掉自己的情感。互相转化中，彼此已经分不清哪些是原来的你，哪些是现在的我了。

四迷坐在沙发上，望着手里空了的啤酒瓶，和空了的屋子，想着刚才声二小姐对他说的那些话：

"你的那位朋友，并没有去互助会……他是不是骗你说去了……哎哎，你先甭着急，事情是这样的……不不，他是和'牢友'联系了，但第二天却没有出现在他们约定好的地方……对呀，哎四迷，你还是先听我说吧……其实我也是无意间知道的，有一次我和我妈出去吃饭，吃到一半下雨了，我们都没带伞，于是我妈就让司机师傅先送我回家，然后再回来接我妈。路上司机师傅提起这件事，问怎么后来那人也没去互助会。我回到家之后就给'牢友'打了个电话，他说，你那朋友确实和他联系过，但是却没在约定好的时间出现，之后也没再联系他。'牢友'以为你那朋友改变了主意，于是也就没在意了。"

老北再次打来电话，是三天后的一个下午——很不寻常的时间，四迷记忆里，好像一生中从未在这个时间接到过电话。

电话铃声诡谲地响起，四迷往电话机那边走的过程中，就知道了这是老北打来的电话，笃定得就好像老北正站在那儿，模仿电话铃的声音引起四迷的注意，而正巧被四迷发现了一样。

拿起电话听筒，四迷已经准备好在老北开始絮叨时直接打断他，让那些混合着的情绪，一股脑地倾倒出去。

——我是老北。

当老北的这句话出口后，继而传来的是一阵沉默，只有电话听筒中传出的一些信号掠过的轻微"沙沙"声，陪伴着沉默。四迷知道，已经没有机会倾倒那些情绪了。

这次老北的话语不同往常，变得简练而缓和，像放进冷冻层的啤酒，渐渐地要凝固了。

　　老北的话语变得陌生。

　　"你怎么打来了？"说完后，四迷没等老北说话，紧接着说道，"你没去互助会吧？"

　　——你知道了。

　　"嗯，能告诉我原因吗？"

　　——是我不想去了。

　　"你现在还在戒烟吗？"

　　电话中没有声音。

　　"你从一开始就没有戒，一直是骗我的吧——你故意吃多了药，故意很痛快地打了电话，故意装作状态不好，为了装得像，还拖延了一段时间才给我回电话。"

　　——并非如此。

　　"那是怎么回事？为什么你现在这样说话了？你能来我家一趟

吗？或者我去你那儿。"

　　——开始，我是想戒的。药不是故意吃多了，电话也是为了去
互助会才和"牢友"联系的。

　　"那为什么你一直都没去？"

　　——因为企次，他不想让我去。

折箩（变化）

　　四迷和洛阿·查瓦娜一共见了四次面。

　　他们第二次见面，还是傍晚时分，还是在钟鼓楼下小饭馆的二楼露台上，还是四迷说几句便停口，等待声三小姐翻译完再次开口叙述。客观条件都没有发生任何变化，但四迷发现，和第一次见面不同的是，他和洛阿·查瓦娜之间的气氛发生了一些细微的变化。

　　变化的初始，来源于洛阿·查瓦娜坐定后，从随身的挎包中掏出一个小本子和一支笔放在桌上。然后，每当四迷说出什么让洛阿·查瓦娜感到有必要记下的事情时，洛阿·查瓦娜便拿起笔写写画画，将一些什么用线勾连起来，或在什么上画了一个大圈，将那个什么完整地圈起来。

　　第三次见面，和第二次有所不同。洛阿·查瓦娜开始提问，这是前两次见面都没有发生过的。

洛阿·查瓦娜听四迷回答完自己的问题时，会在小本子里翻找一下。当她找到想要看到的什么时，就会以一个不变的姿势，凝固一会儿，眼神盯在本子上，像雕像般。虽然沉默让围绕着他们三个人的空气仿佛被定格了一样，但此时，四迷好像能透过洛阿·查瓦娜微低的脑袋，看到那里边的一场疾风骤雨，听到狂躁的嘶鸣。

　　过不多时，那些挣扎着的嘶鸣缓缓地平稳下来，逐渐变成了像录像带运转时发出的"咻——咻——"的声音，那代表着洛阿·查瓦娜快要完成她的思考和判断，也代表着一个提问与回答的完整周期即将结束。

　　这样的周期在他们第三次见面时，重复了很多次，都是一些在四迷看来极其细节的小事情，有时是一个动作，有时是一句话，甚至，只是说出某一句话时的语气。

　　洛阿·查瓦娜到底想从这些细节中，攫取到什么呢?

老北的选择

　　老北在叙述从和四迷最后一次见面回到家后，到这次与四迷通话之间发生的所有事情时，语气平静而淡然，呼吸均匀得听不到换气时的喘息声，也不见了诸如"四迷老弟""实不相瞒"和那些显得啰唆无意义的口头语。

　　这次的长话单纯是因为要讲的内容太多，没有任何啰唆的感觉，反而让人意犹未尽，像是在一个悠然无事的午后，被微风拂着，听一位老人讲一段古早的往事。

　　——那天我按照约定，提前来到东四十二条。第一次去，我坐错了车，只能在东四十二条西口下了车。在横穿胡同往东口走的过程中，远远地我已经看到了约好的那个人，他戴着藏蓝色的渔夫帽，正站在东边的胡同口那里，看着我本应下车的车站方向。我准备好了上前和他打招呼，然后一起去幸存者互助会，以此开启全新的生活。

——可就在这时，我看到了企次。他站在路旁的一棵树下，手里还拿着一个什么东西。其实一开始我有预感，可能会见到企次，因为前几天我刚刚才把所有的烟都抽完，料想，在幻觉的余味还没有完全散尽的时候，我也许还会见到他。不过，我以前说过，我知道他是幻觉，所以这次正好可以与他做个告别，感谢他一直陪伴的这些日子。

　　——当我走到企次身边的时候，才看清了他手里拿的东西，是一把意大利特钢鹰嘴刀。我问他要干吗，他说，感觉自己受到了不公正的待遇，我不能让他就这么消失掉。他说，如果我执意要去互助会的话，就会杀了那个戴渔夫帽的人。我对企次说，我永远不会忘记你，但你不是真实的，我知道，你也无法杀任何人。紧接着，企次就用那鹰嘴刀的弯刃，划开了我小臂上的一块皮肤。尽管我不知道是怎么回事，到底是哪里出了问题，但疼痛是真实的，血也是。

　　——我害怕了，连忙回到家，一路上我左顾右盼，没有再看到企次。到家后，我脱下外套，衣服袖口那里染满了血，我小臂上的伤口颇为不轻，肉往外翻着，血却已经不流了。我把衣服扔在地上，想处理一下伤口，衣服落在地面的时候，我听到了一声沉闷的"咚"的声音，然后我拿起了衣服，从衣服兜里，发现了那把意大利特钢鹰嘴刀，弯刃上的血已经干了，凝固在上边。从衣服兜里一起窜出来的，还有我写好的发言稿，已经被血水浸透。

　　——从第二天起，我不停地往身体里灌水，寄希望于，水能带走我体内的那些残留幻觉，就像喝多了酒之后，一直不停地喝水，赶紧把那些酒精排出体外一样。

　　——但一切希望都消失在企次又出现的那一刻。我知道他是不真实的，但他对我说的话，却一个字一个字真实地烙在了我的脑海中。他说我永远无法摆脱他；他说他能控制我，如果我再试图做出让他消失的事，他就会伤害我身边的人；他道出了他要伤害的人的名字，四迷。是你啊，四迷。

　　——我搬走了，很远的一个地方，可能不会再和你见面了，我不知道怎么才能让企次消失，也许哪天他会突然消失，我也会在那天一同消失。在这之前，我会尝试找一些别的方法。如果实在没有的话，那我也只剩下一个办法了，我们一起消失。

　　——希望你一切都好。找个工作，找个女朋友，结婚，生孩子，柴米油盐酱醋茶。那样的生活每天都很普通，每天都很平淡，却是真实存在着。那些都是好日子。

了解却不理解

四迷想着老北说的话，一想就是一天。

到了第二天他接着想，这次是配合着那些话语所营造出来的画面，又想了一天。

第三天他往那些营造出的画面中注入彼时应有的气氛，并感受它，一下想了两天。

第五天他又向感受到的气氛中加入了情感——企次等待时的情感、老北手臂刺痛时的情感、那弯刃上的血慢慢凝结时的情感，由于情感过于复杂，一时难以把控，四迷只能慢慢地抽丝剥茧，将它们有序地融合在一起，组合之后再重新组合，就像做出一道完美的折箩。这次他想了三天。

四迷就是这么想着，一共想了七天。这七天里，他未食未睡，只将一小块冻起来的啤酒冰含在嘴里，渴了就化掉一点喝下去，直到整块啤酒冰都化尽，他也把所有该想的都想完了。

四迷自以为想明白了一件事。他把这些思考，与声三小姐给他讲的那段在墨西哥少女镇里的经历联系起来，最终结论是，老北也患上了某种精神疾病，而不仅是因为鼠尾草的致幻作用，才造就了一个名叫"企次"的人。从一开始，他就把老北的情况考虑得过于简单了。

得出这个他自以为的最终结论的时候，第二周第一天的第一缕阳光透过窗玻璃，扑在他一侧脸颊上。被阳光晒着的脸颊感觉到有些微热，困倦猛然袭来，四迷还未来得及脱衣服，便带着一周没有洗澡的腐败体味，沉沉睡去。

醒来的时候，目力所及处还是一片阳光洒下的光亮，四迷不知道自己只睡了须臾，还是睡了几个昼夜更迭。

来不及细想，四迷便被周身散发的味道驱动，将衣服除尽，扔进洗衣机，然后来到浴室，打开热水器的开关，让汩汩涌出的水肆意浇在身上。水流在刚刚逃出花洒的时候，还是冰凉的，带有因长期困在水管中死气沉沉而沾染上的锈色。

四迷也不管，他只站在那里，感受着水一点点变暖，变热，又变烫。

身上不好的味道，随着腾起的水蒸气一起飘散而去。从四迷身

243

上逃离的腐败味道不是透明的，而是五颜六色的，将水蒸气染成各种色彩，在浴室里来回反复地流连。

当味道完全消失，水蒸气重新恢复了自己烟白色的雾气蒙蒙时，四迷将水温调低，按照正常的顺序洗头发和身体。最后，他刷了牙，把身体擦干，一丝不挂地来到客厅坐在沙发上，拨通了声三小姐的电话。

电话中，声三小姐默不作声地听完四迷的描述，然后告诉四迷，洛阿·查瓦娜还有不到一个月就要来了，现在还需要四迷镇定一些，等洛阿·查瓦娜来了之后，请她给出专业的建议。四迷嘱咐声三小姐，洛阿·查瓦娜这次毕竟是有工作而来，你先打听一下，看看她是否方便，别让人家为难。声三小姐说，你不了解查瓦娜，她面对这样的事情，就像是猎豹面对汤姆森瞪羚，如获至宝，求之不得。四迷说，那就拜托了。

最后，声三小姐想来看看四迷，但被四迷婉拒了。这段时间，他还有更重要的事，那就是等老北不知何时还会打来的电话。

不到一个月的时间里，四迷和老北又通过几次话，大多数情况下，他们的对话都简短而毫无逻辑。只有一次，老北向四迷诉说了解和理解的区别，四迷又听到绵绵长话，并终于弄清了自己这么在乎老北的原因。

——我虽然知道企次是幻想出来的，不是真实的朋友，却根本无法离开他，所以我才会在即将见到互助会的人、有可能成功戒烟的关键时刻，又自行放弃了这种可能性。

——那把意大利特钢鹰嘴刀应该就是我自己揣进兜里带去的。

——之所以我对自己的这个行为事前没有一点意识，事后也没有任何印象，是因为我在和自己博弈。一边想消除幻觉重新开始正常的生活，一边又离不开企次，不想与他不复相见。虽然不知道是怎样博弈的，但很显然，结果是企次战胜了戒烟。

——于是，就在东四十二条东口附近，距离加入幸存者互助会只有咫尺之遥的最后关头，我鬼使神差地掏出鹰嘴刀，划开自己的小臂，以此来昭示最终的选择。

"你为什么离不开企次呢？"四迷问老北，随后他又不经思考地脱口而出，"你不是还有别的朋友吗，我也是你的朋友，不是吗？"

——你知道，了解和理解是有区别的，我觉得，我的朋友们，包括你，虽然了解我，但却并不理解。了解的意思是，知道我是怎样的人，知道我会说出什么样的话，做出什么样的事情；而理解的意思是，知道我为什么是这样的人，为什么我会这么说，这么做。这真的很重要。

——四迷，我很感谢你，但是你不必再为我担心更多了，因为我觉得我已经活不了多久了。鼠尾草对我身体的侵蚀，我能清晰地感觉到，你知道，每个人对自己的身体是最了解的，哪怕是一些最微小的刺痛，或从未体会过的不适感，都是一封封死神带给你的介绍信，信上虽只有只言片语，但让人难以逃避。

——到那时，我和企次就会同时消失了。

——最后，想和你说，四迷，你知道，我为什么无法离开企次吗？因为被理解的感觉，一旦体会到，便很难戒除了，比鼠尾草难戒得多。同时无法戒除的，就是那个带给你理解感觉的人。

——今天说得太多了，先这样吧，累，想去睡会了。

理解的感觉。

在老北挂上电话后，这个感觉一直萦绕在四迷的身边，把他带回大约一年前，老北对他说出"你甚至没有大怒一场"的那一天。就是在那一天，就是在听到老北说出被硬壳封闭起的自己内心中最隐秘的那个声音时，自己完全信赖了老北，并逐渐开始无法戒除老北所带来的那种理解的感觉。

四迷一下就明白了此刻老北的处境。

折箩（答案）

经历了第二次和第三次见面时洛阿·查瓦娜的变化，四迷隐隐从中感觉到了一些在见面之前完全没有体会过的气氛。直到这第四次，也是最后一次的见面。

四迷的叙述已经几近枯竭，可是他还未从洛阿·查瓦娜那里得到对于老北情况，哪怕只言片语的建议，这让四迷疲惫不堪。

月亮已经高悬至头顶，眼看小饭馆的打烊时间将近，四迷有些焦躁，却又无可奈何。

就在这时，洛阿·查瓦娜向声三小姐说了句什么，声三小姐明显愣了一下，她没有像往常那样随即便转过头来直接翻译给四迷听，反而像是没听懂似的，又对着洛阿·查瓦娜说了些什么，洛阿·查瓦娜摇了摇头，用笃定的眼神看着声三小姐，然后摊开一只手的手掌，示意声三小姐翻译给四迷听。

"你……"声三小姐转过头，不知所措地看着四迷，"你是从什么时候开始出现幻想这种症状的？"

"我？等等，她是不是误会了，"四迷不明所以地看了一眼洛阿·查瓦娜，然后对声三小姐说，"我一直说的可是老北呀。"

声三小姐也一头雾水地看着洛阿·查瓦娜，刚想翻译四迷的话，就被洛阿·查瓦娜用手势制止了。

洛阿·查瓦娜直直地盯着四迷的眼睛，他们两个人就这么沉默地盯着对方，语言的隔阂此刻不那么重要了。

尽管四迷想逃避洛阿·查瓦娜的眼神，但还是被她眼眸中倒映出的自己的影子吸引着，仿佛能从那谜一样的自己身上，看到一切的答案。

最后的结果

　　遇到洛阿·查瓦娜，对于四迷来说不知道是幸运还是不幸，四迷被她剖析得赤身裸体，体无完肤，不得不佩服洛阿·查瓦娜的专业能力，和对这种情况近乎偏执的兴趣。她在繁若星空般的细节迷宫中抽丝剥茧，将点连成线，再轻抚那些乱线，将它们分门别类地排列在一起，固然有时候会连错，但她足够专注和执着，能及时找出连错的线头。

　　洛阿·查瓦娜是对的，老北这个人，并不存在。

　　尽管洛阿·查瓦娜在迷宫的笔记本中，找到了大部分正确的路线，走到了终点，但还是有一些疑问，是洛阿·查瓦娜始终无法解释的。她本想在第五次见面时将这些疑问再好好与四迷讨论一下，但她没想到自己已经没有这样的机会了。

洛阿·查瓦娜的笔记本

打开笔记本，除了那些在外人看起来繁杂凌乱的连接线外，每隔几页，就有一些被囚禁在红色圆圈里的字，这些字便是洛阿·查瓦娜的困惑。在四迷的全部讲述中，所有的细枝末节都被他提到过，或经过洛阿·查瓦娜的提问而被知晓，但这些红色圆圈里的字，却是四迷始终无法想起，甚至笃定根本没有发生过的。

但四迷不知道的是，那些他以为从未在自己生活中出现的事情，早已像一粒粒种子般，悄然埋于他的意识深处了。

以下：

一、红色圆圈里的"金鱼"

老北最初被四迷创造出来的时候，他向四迷搭话，像是一句抛到静寂空气中的自言自语："不知道池子里的那些金鱼被运到什么地方了。"

250

那是有一次，四迷拿着家人验血的结果，心情沉重地从医生办公室出来的一刹那，一个刚准备下班的护士，和一个正准备去吃饭的医生闲聊说：假山池里的那些金鱼，每年冬天都要被运到地下室去，也不知道它们憋不憋得慌。

二、红色圆圈里的"代笔人"

老北带着四迷去"宝龙"找代笔人，为了给声一小姐写那封信。

上学时，四迷陪那个说"我坐的这个地方是宇宙中心"的同学去"宝龙"买钢链腰带，无意间路过代笔人店铺，有一句话恰在此时飘进四迷的耳中，他听到刚从代笔人店铺出来的一个女孩对另一个女孩说：那个代笔人的字真漂亮，感觉是个可以信赖的人。

三、红色圆圈里的"酒石酸唑吡坦"

在老北问四迷给他吃的是什么药的时候，四迷未加思索便说出了让自己都感到迷惑的六个字"酒石酸唑吡坦"。

医生给四迷的家人开过这种药，他去药房拿药时，负责发药的医生说出的一串药名里有这六个字，只是彼时的四迷并没有刻意记住。

四、红色圆圈里的"老北"

东汉许慎《说文解字》书：北，从二人相背。凡北之属皆从北。意指，自己的另一面。

以上。

这些言语，或画面，或故事，或气氛，清晰无比地被四迷听到、看到、想到、感受到，但彼时的四迷因为种种原因而没有理会，导致他以为这些事情都没有发生。

就拿"金鱼"那次来说，虽然四迷听到了那些言语，但他的注意力全部都放在了结果不甚理想的验血报告，和医生刚对自己委婉说出的结果上，以至于根本无暇理会周遭的任何声音。但那声音，径自形成了一幅画面，未经许可便窜入四迷的意识深处中，就此蛰伏下去。

这些言语，或画面，或故事，或气氛，像一粒粒种子一样，在四迷意识中的某个区域，悄然将自己埋了进去，只静静地等待外界环境适合的那个时刻，萌芽、生长、茁壮、成熟。

老北的出现，恰是给了这些种子土壤和养分，使其可以心无旁骛地暗自生长。

证据

从钟鼓楼下的小饭馆往家走时，四迷的周身还残留着折箩菜香，他一边嗅闻着这些混杂起来融为了一体的味道，一边快速向家走去。一路上，老北那些言犹在耳的长话还在不停地响起，四迷没有阻拦，只任由自己与老北的种种在脑海中倏然出现，又倏然消失。

四迷的疾走是有原因的——当洛阿·查瓦娜最后的判断传递到四迷的意识中，四迷恍然感到了一种愤怒。

这种愤怒，更像是在现实生活中存在并屡屡呈现出的现象——一个人对另一个人说了一件什么事情，第二个人开玩笑般地接了句话，这句无心之话正巧戳穿了第一个人的谎言，继而第一个人马上愤怒起来，言之凿凿地说："我最无法接受的，也是我的底线，就是别人不相信我说的话。"于是，第二个人满怀愧疚："那本就不是什么原则上的事，何必这么小题大做？"而第一个人还在自己营造出的谎言上添加砝码："不相信我的人，我就是接受不了！"

其实一开始，第一个人说的那件事情也是随口一说而已，但恰恰因为别人无心的戳穿，让其只能颇郑重其事地将自己的谎言保护起来，而保护的方式，便是那荒谬的愤怒。

洛阿·查瓦娜的话，让四迷觉得自己像在编织一个弥天大谎一样，他觉得洛阿·查瓦娜根本没有弄清什么，也许是翻译过程中出现了纰漏，或者是因为洛阿·查瓦娜的职业病，让她想得过多了。

尽管愤怒，但四迷并没有表现出来，因为他想到了一个能证明洛阿·查瓦娜错了的证据，就放在四迷的家里——这就是此刻四迷如风般疾走的原因，他要赶紧回到家，拿到证据，来抚平自己的愤怒。

到家后，四迷连忙坐在电脑桌前，把电脑打开。等待开机的过程中，四迷点了根烟，让自己有些不受控制而微颤的手指能稍稍平稳下来。

他歪抬起头，看了一眼监控。这次，摄像头没有像上回发现声二小姐正关注着自己时那样兴奋地表达自己，而是竭力回避四迷的目光，那只红色的眼睛也像是电力不足一样，有些黯淡。

电脑硬盘中密密麻麻排列着不同日期的监控录像，四迷从繁杂如迷宫般的日期中，找到最后一次见到老北的那一天。打开文件，四迷死死盯住屏幕。

屏幕里的四迷，面带着混杂了期待和忐忑的复杂表情走到门口，缓缓地打开房门。

屏幕外的四迷，看到视频中房门打开的那一刻，表情逐渐狰狞。

四迷看到，屏幕中的自己，笑着挥手将一团透明迎进家里，转身关上门。他望着冰箱的方向一会儿后，又朝窗外望去，随即便转回头，重新朝着冰箱的方向，说："我总是在心情好的时候才会注意到蓝天。"说完后，四迷等了不短的一段时间，然后走向冰箱，从里边取出速冻饺子，歪着头对着冰箱旁边，此刻空无一人的沙发上七十厘米左右的地方说："还没吃呢吧，一块吃点儿饺子？猪肉茴香馅儿的。"

又等了不短的一段时间后，四迷把速冻饺子放回冰箱，又拿出两听啤酒。他打开其中一听仰头喝了一口，把另一听拿在手中，像是要打开，却在半截停止了，手中拿着没打开的啤酒往前递了递，松了手，那听啤酒就掉到了沙发上。

"我都已经安排好了！正准备和你联系呢。"屏幕里的四迷兴奋地对着沙发上七十厘米左右的地方说，然后转身从桌子上拿起一张纸条，往前递了递，松了手，纸条自由落体，和那听啤酒的命运一样，也掉落在了一片空寂中。

"这个，是互助会一个朋友的电话，已经打好招呼了，互助会叫'幸存者'，你和这个人联络一下吧，把时间地点什么的，都确定下来。"说完这句话，四迷没有停顿太久，然后就继续说道，"你就跟我们家打呗。"四迷拿来一支笔，然后伸出一只手，把一团透明按在了沙发上。他一直看着那团透明，这次看的时间异常久。

看着透明的状态结束后，四迷拿起沙发上那听啤酒，打开后仰头一饮而尽。接着，他重又恢复了看着透明的状态，看了不短的一段时间。

"着什么急走啊！"四迷笑着说，看得出来，他的心情非常之好。

等了一会儿，四迷打开门，又关上门。他走到卧室窗前，站在那里，看着窗外，脸上凝固了一抹难以名状的笑容。

在本应歇斯底里却异常平静的气氛中，四迷看完了有"老北"出现的画面，从第一天"老北"来到家里做客开始。

四迷看见自己一次又一次和透明的相处；看见是自己亲手收拾起了那些火化票据，把它们装进了袋子里；看见自己站在窗口，突然在某一瞬间怔住了，呆望着楼下的一隅；看见自己一粒接一粒地吃光了盒子中的酒石酸唑吡坦，然后自己的左手搭在自己的右肩膀上，较着劲，以极其别扭的姿势，像一只寻到新鲜血味的丧尸般，踉跄着爬到卫生间；看见自己前一秒还在饭桌前剥着虾，后一秒便毫无征兆地脱下裤子，蓦然趴在床上不住地扭动……

客厅传来一阵急促的电话铃声，和四迷看完最后一个画面的时间前后吻合，视频中行走到终点的进度条，就像是一个触发式机关般，前一个事情的完结，马上触发了后一个事情的开始。

四迷知道，这是老北打来的电话——并非感觉是老北，或希望是老北，而是在铃声响起时就像听到了老北的声音一样，知道了这个事实。

"老北吧。"四迷在拿起话筒的一瞬，话便出了口。

——嗯。

四迷放声笑了出来，声嘶力竭，肆无忌惮，笑得很大声，声音大到震落了屋顶的灰尘，它们默然飘落，和四迷一起笑，却笑得平静而怡然。

"我知道了。"四迷抬眼，望向卧室角落里的摄像头，它正委屈地掩下红色的眼帘，不知所措地蜷缩成一团。

——你知道什么了？

"我知道你不是真实的。"

——那你现在又是和谁在说话呢？

"和自己。"

——你还记得，你曾和声二小姐讲过的关于"真实"的那个故事吗？

四迷又笑出来，一边笑着一边上气不接下气地说："你暴露了吧？我们在说那个事情的时候，你并不在我家，你又是怎么知道的呢？"

——你怎么没有怀疑过声二小姐的真实性？

四迷又抬眼望向摄像头，想要证明谁是真实的，谁是虚幻的，很容易，看一眼就知道了，四迷这么想着。

——用眼睛看见的，也无法证明那就是真实的，这才是你讲过的那个关于"真实"的故事的本意吧。

"你不用说那么多了，老北。说实话，你是最理解我的那个人，和你相处就像和自己相处时一样舒服，就像你说，哦不，就像是我自己说过的——'被理解的感觉，一旦体会到，便很难戒除了，比鼠尾草难戒得多。同时无法戒除的，就是那个带给你理解感觉的人。'我可能就是沉溺在那种舒服中太久了，所以才会一时难以接受你不是真实的。但我和你不一样，我会听取洛阿·查瓦娜的建议，治好我的病。"

——我只再问你一个问题。

"说吧。"

——如果你笃定幻想这件事是存在的，那你怎么知道，你不是我幻想出来的呢？就像企次一样。而你周围的那些，你所经历过并还在经历的这些记忆，都是我为了你而幻想出来的。

四迷心中一凛，随即收起笑容。

——你还记得黑狗的故事吧？

四迷沉默着，不知道"老北"，或者自己，又要将气氛带往何处。

——我就在去找寻它的路上，如果你想见我的话，也来一起去吧，我会在那附近的一所老屋等着你一起启程。也许我们足够幸运，在到达那个破败的村落和建筑入口时，恰好黑狗变成了石雕，我们就可以穿过那个隧道。在那边，我们能找到我们需要的东西。到那时，一切就都明晰了。

电话听筒里传来了信号消失后发出的"嘟——嘟——"的声音，四迷听了好一会儿才放下听筒，但恍惚间，他没有挂好电话，听筒倒是乐于此番闲暇，它斜倚在本应待的位置旁边，像是在工作日偷跑到楼下咖啡厅里晒太阳的人，抓紧时间享受这难得的无事时光。

折箩（对话）

声三小姐详细地询问了洛阿·查瓦娜关于四迷的症状分析。

洛阿·查瓦娜告诉声三小姐，第一次见面后她回家整理资料，凭借直觉发现了很多关于老北这个人的疑点。于是在第二次见面时她就带来了已经做好功课的本子，每次四迷提到关系节点，她就将几个点用线连接起来，逐渐理清了自己的大胆设想。为了进一步佐证，第三次见面她使用了由她发起提问的方式，集齐了拼图。

"你是在什么时候有这种感觉的？"声三小姐问洛阿·查瓦娜。

"有两件事，第一件事是老北用一种特殊的方式，打开了四迷的心结。通常情况下，其实我们都不知道我们需要的是什么，只有当那个需要的东西真的来到你面前时，你才会知道，就是它了。四迷在陪伴家人的那段时间也是这样的，他不知道自己需要什么，来刺破心中淤积的那些腐败和脓疮，所以他就找到了老北，并让他用了很多方式来尝试，但无论是倾诉、安慰，甚至剖析自己等等，都没有达到实际的效果，所以，最后他才用了一种最极端的方式——让他幻化出的那个人直接戳痛自己。最后的结果是好的，四迷收到了他想要的东西。但我们回过头来想想，有谁真的会在那种情况下，说出那样的话呢，除非是，四迷自己已经想好要直面自己心中的恐惧。当然，我的这个想法在当时还只是假设，但第二件事笃定了我的想法。"

洛阿·查瓦娜喝了口水，更像是稳定一下情绪，然后继续说道：

"四迷说在楼上看见老北和'透明'说话的时候，那一刻，四迷产生了共情力，而在彼时他的情况下，这种共情力是本应不存在的，也就是说，他的共情力其实在之前很早就已萌芽，他的这种共情力在现实生活中并不常见，并不是对别人的处境产生共情力，而是对自己。所以我判断，老北本身，就是他幻想出来的另一个自己，这也就能解释了，为什么他一直帮助老北，想让他摆脱对那个所谓朋友的依赖。其实他的内心中，和自己做着博弈，只不过他一直没有发觉这点罢了。当然，还有一些细节的佐证，比如……"

洛阿·查瓦娜翻开自己的笔记本，一边看着一边对声三小姐说："比如老北健谈而四迷相对沉默，企次极端而老北相对随和，一般这种案例都会发生在这样有着明显反差的两个人身上，现实中的那个人，幻想出了想成为的那个人。我猜，处在当时那种境遇下的四迷，是想通过老北这样一个可以肆无忌惮倾诉和依靠的朋友，来摆脱他当下那种困境。"

"那，四迷提到的，那个什么鼠尾草烟，不会是他自己吸的吧？"声三小姐的话语中，明显透露出一丝担心的气氛。

"我想那倒不会，从四迷的情况看，他创造出来的老北，应该只是精神应激状态下的一种自我保护机制，而不太像是由致幻剂造成的结果。但是因为四迷不了解这种精神应激保护机制，所以他在设计老北这个人物的背景时，自然而然地想到是致幻剂的作用使然。"

"四迷幻想出了作为自己本身投影的老北，又为老北安排了一个投影企次。这未免也太……难以想象，真不知道在他的意识里经历了怎样的一番复杂操作。"

"人的意识领域是很奇妙的，其实我们还对其知之甚少，毫不夸张地说，甚至可能还处于原始阶段。"

"即使在现代医疗、科技都如此发达的现在，仍还是处于原始阶段吗？"

"也许比几百年前是进步了不少，不过，距离抽丝剥茧抵达内核，还差得很远，"洛阿·查瓦娜嘴角下弯，轻轻摇了摇头说，"如果把人的意识领域比喻成一个苹果，我们可能刚刚把刀子放在苹果皮上准备发力按下，我们知道削苹果的步骤，也知道这一刀刺下可能会出现什么样的结果，一切都在我们的脑海中，但遗憾的是，我们却连果肉也还未曾窥见过一次。"

"原来如此。"

"我的导师曾负责过一个病例。一位女士在医院的病床前，看着负责监控父亲生命体征装置上显示的数字一点点地全部归零。正当护士们准备为老人做最后的身体处理时，那位女士突然瘫软在地上开始抽搐。起初大家以为是失去亲人让这位女士难以承受，可后来她向我的导师——也是一位研究人的意识领域的专家——说出了真相。在那一刻，这位女士毫无缘由地感受到了性高潮。之后半年，每每当她想到那一刻时，都会发生这样的情况。女士的内心被这种煎熬撕成碎片，她认为这是撒旦侵袭了她的灵魂，于是她找到神父进行忏悔，神父听完她所有的叙述后，给她介绍了我的导师。"

声三小姐听得瞠目结舌，很多问题在脑海中盘旋，却没有一个能找到出口。

"你一定很想知道这是为什么，我们也很想知道，可惜的是，我们只知道在过往的一小部分案例中，当事人的痛苦可以转化为性高潮，这种痛苦大多是肉体上的，但有时候心灵上的痛楚，一样能带来性趣体验。乔治·巴塔耶更是曾直言不讳地说过——性与死同源，均是高峰体验。有时候性冲动是来自焦虑、惶恐、不知所措，或消极压抑，而并不是出于欲望本身。但到底为什么心灵上的痛苦会产生这样与现实相悖的效果，我们则一无所知。这就是我们目前的困境，知道却了解，了解却不理解。我想这可能也是四迷所处的困境，他也许了解老北，却不理解他，所以我才说他在那一刻产生的共情力，是假的，让我看出了破绽。"

"我怎么才能帮他？"

"我不知道，最起码此刻还不知道。"

"他怎么会变成这样呢？"

"你知道，人体内都有变异细胞，像是隐匿起来的种子，种在我们的身体里，只待周遭的所有条件适合后，才会萌芽。其实不管是多重人格、抑郁症、精神分裂，包括咱们之前在少女镇遇到的分离性障碍等等，我们身上或多或少都会有一些，和变异细胞一样。而不同的是，变异细胞的种子埋在我们的身体中，而那些症状的种子，则是埋在我们的潜意识里。就拿多重人格障碍症来说，那些患病的人，和我们自认为健康的人之间的界限到底在哪儿呢？你可以想一下，当你面对不同的人的时候，表现出来的是同样的一番模样吗？"

声三小姐不由得想起一个细节——她在前一段感情中，每次都会因为那个一起生活的男人忘记盖上牙膏盖，而难以控制地大发雷霆。声三小姐想，如果换作面对四迷的话，可能她就会拿起牙膏，跑过去挤到四迷的脸上，然后用一场嬉闹结束这件她本很在意的生活小事。

"我们在不同的人群面前，会表现出不同的状态，在同事面前，在朋友、家人、陌生人、受恩的人、憎恶的人面前，我们会幻化出不同的人格去和他们相处。我们幻化出的不同人格其实悄无声息地住在我们的潜意识里，但我们并不认为自己是患了多重人格障碍，因为我们已经习惯了自己的这种生活方式——当面对陌生人时就是会谨慎，面对亲人时就是会没有耐心，面对朋友时就是会欢笑，面对爱人时就是会卑躬屈膝。或许你也有过自己和自己对话，在家里没有别人的情况下想起一件事时肆意地发笑，或瞬间悲伤的时刻。那谁能告诉我们，正常人和'病人'之间的界限，到底在哪呢？"

独自回家的路上，声三小姐想起了一起经历过少女镇事件后，接到的洛阿·查瓦娜的一封电子邮件里她说的一段话——

我展开双臂，向右手点了点头，说："这里是健康的，"然后又向左手点点头说："这里是有病的。"然后我把双手合在一起。一段时间之后，界限就不那么清晰了。

回到家后，声三小姐按下四迷家的电话号码，她也不知道要和四迷说什么，或许只是想听听他的声音，然后道一声晚安。毕竟她不是老北，没法做到像四迷的一个投影一样，深入四迷的内心洞穴，精准地攫取连四迷自己都没法准确描述出的，让他安心的感觉。

第一遍电话没有拨通，忙音响了一会儿后声三小姐挂上电话；第二遍电话仍是忙音，声三小姐预感到，四迷一定是在和老北通话。她知道，自己是无论如何也敌不过那个投影的，她只有一遍又一遍地按下那些数字，以期能用自己唯一的武器——真实——做出些许挣扎。

到最后，在连续拨打了一个多小时后，声三小姐还是放弃了。

她的体力即将耗尽，但这并不是她放弃按下那些数字的核心原因，让她挂下电话的，是一种莫名袭来的无声的荒谬感。

声三小姐想，还是明天一早去找一趟四迷，这也许能让自己看起来，更真实一些。

启程

一早，四迷将冰箱里所有的食品——蔫了的蔬菜、过期的熟肉、失去光泽的鸡蛋、半拉剩馒头，一股脑地放到锅里来回翻炒。吃完这道味道奇异的折箩后，他坐在椅子上想，是不是要去洗个澡，换身新衣服，上网查查资料和路线，再准备一些路上必要的东西再出发。但最后，他把所有的想法都否定了，立刻就出发，马上！就这么孑然一身地走，什么都不带，什么都不考虑，否则就可能永远都无法出发了。

四迷拿出笔在纸上写下：

我去找黑狗了。

将要开门时，他看到自己的脚边卧着一只屎壳郎。

四迷平常喜欢种些花花草草，经常会有瓢虫、蜜蜂、椿象和一些无名小虫，顺着纱窗缝隙误打误撞地闯进屋。每当这时，四迷特别想拥有与之对话的能力，这样他就能在不伤害那些小生物的情况下，让其重新奔向自由。可显然他并没有这样的能力，所以他总是用手捏着那些生物，将它们放到窗外，有时它们能重新飞走，有时则一动不动，可能已经在四迷的两根手指中结束了一生。

四迷看着那只屎壳郎，然后蹲下身把手掌摊开放在屎壳郎的前边，对它说，这儿没吃的了，上来，去外边找找吧。

屎壳郎没有爬上四迷的手掌，而是往卧室爬去。屎壳郎爬到床边，拽住耷拉到地上的床单边缘，爬上了床，又在床上拽住窗帘边缘爬到窗口，它在窗口边向外望着，望了好一会儿后，猛然振开翅膀飞了出去，重新开始了它坚如磐石的旅程。

出了门，四迷将刚写好的纸条叠了几折，塞进了门缝里。

在车站等待开往城郊大巴车的时候，四迷看着身边的那些陌生人的身影，竟不由得有些感动。这么多人，伴随着这么多的去处和归途，所有目的地都在等待着他们，一个个故事正在有条不紊地行进和发生着。

在所有的那些目的地中，没有一个属于四迷，至少他自己是这么认为的。四迷甚至不知道明确的路线，只能根据在以前听来的故事中描述的一个大致方向——"在城郊往北大约六十公里的那一片重峦叠嶂的山林中，有一处形似候车大厅般的建筑"——就这么出发了。

但让四迷没有想到的是，其实有一个目的地在等着他，而且已经等待了很长时间。

开往城郊的大巴车从车场里缓缓驶出，在四迷的面前打开了车门。上车后四迷才发现，在车站等车的那些人都站在原地没动，还在望着车场的方向，正在他疑惑的时候，车门关闭，大巴车即刻启动。空荡的大巴车中，除了司机以外只有他自己一个人。

四迷从最后一排起身，来到了第一排，司机后边的座位上坐下。

"我没上错车吧？那些人不是在等车吗？"四迷透过车窗，看向那些离自己渐渐远去的人们，问司机。

司机歪过头，从余光中看了一眼四迷，说道："这儿的长途车多了去了，可不光是我这一路。"

"平常也很少有人坐这路车吗？"

"空车我都跑过好几趟了。不过，以后不会有这样的问题了。今儿这是最后一趟了。"

"最后一趟？"四迷看着太阳，肆意地将光和暖洒下，"现在刚上午，就是末班车了？"

"不是今天的最后一趟。这一路长途车已经取消线路了，现在你坐的就是这路车的最后一趟了。"司机又歪过头来看了一眼四迷，"小子，你没看到车站告示栏上写的通知吗？"

"没有。为什么要取消呢？"

"因为根本就没人坐呀。之前我都是跑空车，一个人也没有，"司机不无感慨地说，"说起来倒是轻松得很，每天就跟开着车兜风一样，不过这一路上，有时候也会觉得少了点儿什么似的。前一阵倒是拉过一个人去那边，不过已经是八百年前的事儿了。"

"怎么会没有人去那儿呀？"

"谁会去那儿。"司机脱口说出，随即想到了什么，从余光中看了四迷一眼，嘿嘿笑了一声，"小子，你上那边儿是干嘛去？"

"去那边儿逛逛。"四迷随便给出了一个答案。

"嚯！我可听说那边儿挺邪乎的，住户几乎没有，又远离生活区，简直就是个鬼故事天然的发源地。不过原来可还是不错的，有很多人住在那边，可惜现在荒废喽。话说回来，自然风景是野得可以，倒是可以去探探险。哎对了，小子，你知道吗，人呢，是只分为两种，喜欢未知的，和不喜欢未知的。我嘛，就属于前者，可现在满天都是乱七八糟的卫星，到处都是乌泱乌泱的人群，哪儿还有什么未知世界呀，是吧小子？我看，你也应该是属于前者吧？"

"前者？哦对对，喜欢未知的，对，我是属于前者。"健谈的司机，让四迷不禁想起了絮叨的老北，想必他们还是有所不同，司机是因为能有个人一路同行，才会陡然高兴起来，打开了话匣子，而老北……

"你看，我就说嘛，若不是喜欢探险，任谁也不会想起来去那种地方逛逛。小子，你这事儿干得可太摇滚啦！不过，你别说，前一阵儿我拉的那个小子，也跟你一样，说要去那边儿逛逛，我看啊，八成儿跟咱俩一样，也是个吃饱了撑的老想找点儿刺激的家伙。你连个包都没背，就这么去那儿啦？不会有什么问题吗？回程的汽车，可是不好寻到的。"

"这没关系。"

大巴车逐渐逃离拥堵的城市，驶上通往高速公路的高架桥，长长的桥路掠过农田和草场，飘在半空中，大巴车像是在天空中行驶。

"马上过收费站，就要提速了。小子，要不要听点儿什么，反正今天就咱们俩，就敞开了听，我这里可是应有尽有，就怕你点不出来。"

"Like A Rock."

"哟呵！小子！有品位！没看出来啊，咱俩不光是未知世界迷，还都是硬摇滚迷啊！"司机在仪表台前散乱的一堆磁带中拿出一盒，塞进车载收音机的一个空洞中，"来啦，*Like A Rock*！"随着第一个音符的飘出，司机兴奋地一边晃动着屁股，一边一只手离开方向盘，比了一个"金属礼"，指向车顶。

四迷下意识地看了一眼自己座位上有没有安全带。

I was eighteen,

Didn't have a care,

Working for peanuts,

Not a dime to spare,

But I was lean and Solid everywhere.

Like a rock.

司机跟着旋律一起，哼唱起含糊不清的歌词。

在司机的鬼哭狼嚎和Bob Seger的沙哑烟嗓儿混合起来的一片爆裂中，四迷闭上了眼睛。他跟随着和大巴车一起前行的感觉，像穿梭在时间里。四迷终于能抛掉所有的繁杂事情，好好地想一想关于自己的所有事情了。

可"繁杂事情"好像并不愿这么轻易就被抛弃掉。是啊，谁会愿意被抛弃呢？

第四话

一个字也别信

这一话中，从正文开始，

一个字都别信。

还未来得及想些什么，四迷便在半睡半醒间听见司机的说话声，他懒得睁开眼睛，只是把注意力重新凝聚起来，听着司机的言语。

　　"喂，我说，小子，睡觉可是最不摇滚的事情了。不想听歌的话，要不就看看电影吧！喂，小子，别睡了，睁开眼睛啊！"

　　四迷经不住司机的大嗓门，陡然睁开眼睛。他刚才没注意，就在大巴车前挡风玻璃不远处，悬挂着一面不大的电视屏幕，屏幕后边伸出的一条黑色线缆，延伸到了仪表台一个放置DVD的机器处。

　　"小子，有没有什么想看的？"

　　"什么都行，最好是默片。"此刻四迷对看电影完全提不起兴趣，只想安静地闭目想些与自己相关的事情。

　　"默片咱这儿可没有，嗯……要不就看这个吧，跟你说，这可是不容易搞到的，刚上映不久的大片儿。"司机拿出一张封面粗糙的盗版盘，塞进了DVD槽里。

　　四迷瞟了一眼电视屏幕，一片漆黑。黑暗的背景中，映出了双眼无神正呆坐着的四迷，和一片孤独的大巴座椅。

　　正当四迷想终于能安静一会儿，准备再次闭上眼睛漫游在记忆的碎片中时，自己的眼睛却不听使唤般睁得更大，且在此后的很长一段时间里都不会闭上了。

因为四迷在电视屏幕里，看到了老北。

四迷看到老北，已经回到了洒满阳光的医院走廊里，坐在油漆斑驳的椅子上，上身微微前倾，两个胳膊肘立在膝盖上，手掌撑开，托着脑袋。在那个脑子混沌的下午，检查室的外边，时间已经完全凝固，画面中的一切都是静止不动的。

四迷以为是电视出了问题，刚想提醒一下司机，却发现驾驶位上空无一人，可大巴车还在兀自行驶着。

突然，电视中传出嘶嘶啦啦的声音，一片噪波点断断连连地闪动了几下，刚才静止的画面便重新动了起来。

老北直起腰，靠在椅背上，向窗口方向望了一会儿，继而站起身走到了窗口旁。老北从楼上，向下俯瞰着花园中的假山池，假山池里除了一座不小的假山和一些因脱水而干枯硬脆的树叶外，已经空空如也。尽管阳光不吝惜自己的能量，恩惠着假山池里的一切，但假山和那些树叶还是被空气中的寒意冻得瑟瑟发抖。

下辈子我可不能投胎成假山——老北看着出了神，不由得这么想着。

许久，检查室的门也没有重新打开，老北觉得这次检查的时间未免也有些过长了，于是他走到门前，悄悄地将一侧的耳朵贴近门口听着，在只听到了一片诡谲的寂静后，老北尝试着推了一下门，门悄然打开。检查室内，除了一个陈旧的操作台和一些机器外，竟一个人也没有。

也许是刚才的愣神，让自己错过了什么，想到这，老北慢悠悠地向病房走去。

一路上，没有人。平常人来人往的走廊里此时如旷野般广阔，往日因那些病患和家属们忐忑烦愁的心情而凝聚起的压抑气氛也悠然飘散，空气变得纯净，像刚从榨汁机里挤出的橙汁般富含营养。

病房里也没有人。

老北走到六张病床的其中一张上坐下，或许是因床铺松软和阳光暖晒让他感觉舒适而导致困意来袭，老北躺在了床上想睡一会儿，为了让自己躺在这病床上的行为显得名正言顺，老北顺手拽过了打点滴的针头，刺进了自己的静脉中。输液瓶里的未知液体咕嘟嘟地冒了几个泡，从原来的透明变成了棕红色。

一觉醒来后，老北口干舌燥，他想去厕所喝点凉水，但记起了从小就被叮嘱的，不许喝水龙头凉水的警告，于是，他拿起了床头柜上的两粒白色药片扔进嘴里，然后来到厕所，打开水龙头，把嘴包裹在水流外边，将那两粒药片冲进了胃里。这是为了吃药，才只能喝凉水了——这主意可真棒！老北满意地抹了抹残留在嘴边的禁忌之水，走了。

精神抖擞的老北一路走着，来到了地下室。他看到了被转移到这里的金鱼。

黄脑袋金鱼拖着红尾巴，红脑袋金鱼拖着绿尾巴，绿脑袋金鱼拖着紫尾巴，紫脑袋金鱼拖着黄尾巴，只有一只黑脑袋金鱼长着同样的黑尾巴。这只通体黑色的金鱼在老北的注视下，长出了四只小小的脚，正扒着大水泥池子的边缘，练习着爬行。

老北把这只黑色的金鱼自水下轻轻托起，放在了池子的边缘，这只黑金鱼便像出了问题的钟表秒针一样，顺着逆时针方向，绕着池子边缘开始一圈一圈走下去。走着走着，它的尾巴就渐渐消失了，只剩下四只脚的黑金鱼轻盈地蹦跳着，一路跳回到了花园里的假山池中。

或许是寒冷使然，黑金鱼在假山上遍处寻找，终于找到了一块天然形成的小山洞，钻了进去。这只黑金鱼不再寒冷，却因离群索居感觉到了孤单，或许相反，它感觉到了畅快，不管怎样，这只黑金鱼在假山洞中，开始哼哼唧唧地说着谁也听不懂的语言，来昭示它的孤单或畅快。

老北听了一会儿黑金鱼的喃喃自语，觉得无趣，便走出了医院大门。

不仅是医院中，在老北回家的一路上，都没有看到一个人。

走出医院准备乘车时，老北发现，马路上的车都在自己行驶着，连公交车也是一样。老北在公交站，看着一辆又一辆没有人驾驶的公交车在他面前停了下来，开门，等一会儿，关门，然后驶离他的视线。

　　老北极速思索着要不要上车，因此错过了十五辆公交车，最后他决定，走回家。这么做是有理由的，老北的头脑风暴没有浪费。

　　他突然在思想领域中发觉了一件事情，或许，这些公交车只是还没有意识到没有人在开它们，于是就按照一种惯有的生活习性自己运转下去，就像巴甫洛夫那只善良的傻狗，在被欺骗后仍然给了可怜期盼的人们一摊哈喇子一样。但万一这些公交车醒悟了呢？老北担心的是这点，万一这些车知道自己不再被控制，可以自由撒欢儿，它们还会在前面那辆车磨磨蹭蹭时，不一头撞上去吗？

　　走回家颇费了一番工夫，因为老北根本就没有家，他只能像寄居蟹一样，找一个能打开的门，假装那是自己的家，以完成"回家"这件事。

　　老北来到一扇门前，推了推，又拉了拉，随后他对门说了一句——惯有的生活习性。说完后，门就自己打开了。至于为什么是"惯有的生活习性"，而不是"芝麻开门"，那就得问老北自己了。

　　终于完成"回家"这件事情，老北如释重负，于是他打开冰箱，从冷藏层里拿出一听啤酒，然后放到了冷冻层。他坐在冰箱旁边的沙发上，不时地看看表，当时针转到一定角度后，老北从冷冻层把啤酒拿了出来，一仰头，全部灌了进去。

喝完啤酒，老北从冷藏层拿出第二听啤酒，来到厨房，他一边喝这听不那么冰的啤酒，一边切了葱姜，剪了虾枪，挑了虾线，开始猛火爆炒。也不知道熟没熟，老北不甚在意，只是边炒边从锅里把虾一个个拿出来放进嘴里大嚼特嚼起来。到最后，锅里只剩下葱姜，还在火苗的左右窜动中，朝着最终的成熟前行。

吃一只虾，便要喝下一听啤酒，把虾全吃完时，酒精已经染红了老北的眼睛。

老北醉态百出，他打了一个大大的酒嗝，晃晃悠悠来到卧室，天旋地转间，他还是费力地将监控电源线插进插座。电流的冲击，让监控的眼睛倏然红了起来，它也被灌了不少酒，但还在强撑着不要醉倒过去，因为它内心始终有一个近乎变态的执着，要记录下一切，真实的东西。

"你的执着怎么能说是变态呢？要我说，我才是真正的变态呢。"老北躺在床上，看着正在望向自己的监控说道，"待会儿你就知道我为什么这样说了。"

敲门声响起，老北躺在卧室的床上没有动，只是朝着客厅大声喊了一句——惯有的生活习性！门就又开了。

声一小姐走了进来。

"先看电影吗？还是直接开始。"声一小姐问老北。

"有、有、什么好、好看的电影吗？"酒精的作用，让老北不得不结结巴巴地问，"该死的舌头。"老北狠狠地抽了自己一个大嘴巴，"这时候的舌头就不是说话用的。"

"园子温的《地狱为何恶劣》。"声一小姐说。

"看过，不看了，直接开始吧。"老北被抽痛了的唇舌，认怂般恢复了顺畅。

老北伸出手想把声一小姐拽到床上，可他却看见两个声一小姐站在床边，而且那两个美妙的身体有一部分还重叠在一起，他伸出去的手不知道拽哪个才好，结果一下拽了个空，惯性让他直接掉到地板上。

"前两天，走到内院，我突然想到的。从前，天空很蓝，蓝得纯净，真好，那么蓝，让我很惊讶。今天天空也那么蓝，我一个人却无法回去。觉得真是世事无常，不可思议。里面的朋友听后，取笑说，天空不就是这样的，并不是为了让我惊讶而蓝的。确实如此啊。天空不会随便为谁而蓝。"声一小姐看着躺在地上的老北，"好了，这就是台词，也算是看过了，咱们开始吧。"

声一小姐撩起老北的衣服，开始慢慢地亲吻他每一寸的皮肤。后背的冰冷和前胸湿热热的潮腻，让老北不住打着摆子，不过他不用担心，因为亲完一面后，声一小姐就把老北翻过来，开始亲另一面。前胸变得冰冷，后背又湿热热的潮腻。

就这样，翻过来，调过去，老北感觉自己像张烙饼一样，等待着外焦里嫩的成熟一刻。

事毕后，老北穿好衣服，仔细地将衣裤上的褶皱抹平，然后把声一小姐送出了门。

他回身走进厨房，将还在猛火上滋滋爆响的锅端进卧室，他从锅中将煳了的葱拿出来，像剥虾壳般把外边煳了的一层剥掉，然后把里边还能吃的部分放进嘴里吮吸，直到将锅里所有的葱都吃光后，才心满意足地让早已承受不住高温的锅，"咔嚓"一下裂成两半。

吃饱喝足，欲望尽失后，老北从桌上的餐巾纸盒中抽出两张纸擦了擦嘴，然后走出了门。

老北在余晖中绕着小区走着，他走得不慢，却很仔细，深思熟虑地不错过每一处地面。有时候，路过的地方停着自行车挡路，他会把自行车暂时搬到一旁，走过刚才自行车放置的地方，再把自行车搬回原来的位置，继续原来的轨迹。这当然很耗费时间，一圈儿下来，已月明星稀。

但老北并不打算就此停住，他像在内心给自己定下一个目标般，就这么仔细地一圈儿一圈儿走着。一个晚上，他绕着小区走了二十三圈儿。记忆力如此精确，源于他每走完一圈儿回到了原点后，就用石头在地面上刻下"正"字的一笔。一晚上，地面上一共出现了四个"正"字，还有没写完的一长横，一竖，一短横。

老北本想就这么走下去，最起码把第五个"正"字走完，阻止他继续这么做下去的，是他看见了两个人。

这一天下来，除了声一小姐的造访外，老北已经习惯了没有人的世界，但此时，却有两个人从老北不远处的小区道路上经过。

老北站着的路，和那两个人走着的路，呈"T"形，老北站在"T"的竖上，那两人走在"T"的横上。

老北和那两人相距并不远，只有五六步之遥，那两个人的头顶上，都有一束直射光追随着他们前行的步调。他们就像行走在话剧舞台上，两束光的存在，让他们成了整个世界的焦点。

老北顺着直射光往上看去，骤然发现，是月亮，将它收集到的所有太阳光，都凝聚起来，形成了这两束光柱，打在这两人的头顶。老北认出其中一人是声二小姐，另一人则没见过，是一位陌生的上了岁数的男人。

就在这短暂的相遇中，老北听见声二小姐说，爸，后来怎么样了？那个男人转过头来看着声二小姐，他习惯性地摸一下一侧眉毛上的一条很细的疤痕，然后说了句什么，但是声音太小，老北没有听见。他们走出了老北的视线，待老北追过去时，他们已经不见了踪影。老北顺着那条路又走了一段，遇到一个岔路口，他不知道往哪边走，遂将跟踪那两个人的念头作罢。

此时老北发现了一个问题，就是这突发情况，使他没有在本来已经烂熟于胸的设定路线上行走，这样，他就无法保证不错过每一处地面。于是，他绕着小区走的行动戛然而止，停在了第二十三圈。

在往家走的过程中，老北听到身后传来了脚步声，回过头时，他又看到声二小姐和男人走过了"T"的那一横，很快消失了。老北站定不动，身子朝着家的方向，脑袋转过一个极限角度，回过头看着他们走过的那条路。果不其然，过不多久，声二小姐和男人第三次走在那条路上，消失了。此时老北扭过身子，集中精神守株待兔。

声二小姐和男人不久后第四次出现，老北紧走几步，跟在他们身后，也走在了"T"的那一横上。

声二小姐和男人在前边走着，头上有两个月亮光柱，那光柱，看上去比之前三次浅淡了一些，变得微微透明。老北随即明白过来，有一些光被分配给了自己，于是他毫无戒备地抬头向上望去，一道亮光，瞬时闪坏了老北的眼睛，在他眼前蒙住了一片厚重的橙白色。

老北蹲在地上，低下头闭着眼睛缓了好一会儿，才又逐渐适应了周遭的黑暗，能看清景物的轮廓。可声二小姐他们却再次消失不见了。老北也不着慌，慢慢地踱回"T"的那一竖上，等着。

不多时，声二小姐和男人鬼魅般地第五次出现。老北再次跟了上去。他们头顶上的光柱还是微微透明的状态，老北竭力遏制住了想向自己头顶看去的冲动，只在他们后边不远处跟着，既不过分迫近，也未稍有落后。

老北和他们一起，在夜幕中走出小区。

他们三个人，绕过了环路，越过了立交桥，经过了几个十字路口，躲避着虽数量不多却每辆速度都超快的无人汽车，还有径自转动着脚踏板的自行车，最后穿过了几条幽暗深邃的小胡同儿，他们仨终于来到了此行的终点。

之所以知道这是此行的终点，是因为刚走进胡同口儿，老北就看见胡同儿另一端的尽头出现了一束光柱，像鸿蒙初辟时撑起天地的一根孤独的巨石柱般。随着这束孤独光柱的出现，声二小姐和男人头上的两束光柱倏然消失，与两束光柱一同消失的，还有一抹颓废的气氛。

胡同儿尽头的孤独光柱，一头连接着宇宙，另一头连接在一栋二层建筑上。那光柱上渐渐生出了一些光亮的小手，这景象，就如同医院里的黑金鱼长出四只小脚后轻盈地蹦走般正常——今天老北遇到的"正常"事情简直俯拾皆是。

光柱上密密麻麻的小手，朝着老北的方向挥着，招呼他过去——此举纯属画蛇添足，因为此时除了那光柱的方向，周遭一片黑暗，老北断无他处可去。

在往那光柱走去的过程中，狭窄的胡同两侧墙壁上，径自窜出了一条条披着黑暗外衣的影子，那些黑暗的颜色，或比夜浅一些或比夜深一些，以让自己凸显出来，在老北的两侧无声地流过，就像是坐车穿过隧道时看到两边飞逝而过的黑暗般，虽什么也看不到，却能感觉时间固化成了可见之物，在两边顾影自怜地舞着。

走近了光柱，来到二层建筑前，老北看到，那光柱此端的连接处，恰落在"宝龙"两个字上。他沿着逼仄的楼梯上了二楼，看到了穿透"宝龙"二字后的光柱，直直打在一个店铺隔间，此时那里浸泡在一片光华中。

老北走进店铺，在一张古早的木桌上，看到了一页叠好的信纸，信纸的旁边卷着一根鼠尾草烟。

老北将鼠尾草烟叼在嘴上，然后打开了那张信纸看着：

我经常看见那只黑狗，尽管我一直想要躲开它，但命运好像误解了我的努力，以为我是一直想要遇见它，生活就是这么被误会毁掉的。

我整日整夜在院子里坐着，看着家里的那棵老树，每天看时都和前一天有所不同，老树的其中一根树杈上渐渐生出了一些黑色的绒毛，摸上去，像婴儿的胎毛般柔软。

那根树杈越来越粗，仿佛是为了承受我的重量，整棵树都把营养无私地拿出来，全部贡献给了这根树杈。

在吊上这根树杈之前，我也不是没有努力过，只要躲开黑狗，我想我能逃过这根树杈对我的觊觎。

当你为马忙碌的时候，人们可以看到你在忙碌，但是当你忙着写诗的时候，你看上去好像无所事事，而你不得不解释自己正在做什么时就会感到有点奇怪和尴尬。——爱丽丝·门罗。

总之，最终我失败了，尽管我很努力。或许，只是因为我没能遇到属于我的企次。

在和黑狗的较量中，胜利的诀窍一个也没有，失利的经验倒是不胜枚举。所以我能做的，也只有祝你好运了。

言尽于此，并，期待不久后的相见。

顺颂时祺。

看完最后一个字的时候，老北突然想抽烟，于是他把嘴上的烟拿下来夹在指间，然后将那信纸上的字都读了出来，从第一个字到最后一个字，认真地发出其应有的读音。在读到最后一个字之前，老北停住了，他把烟重新叼在嘴中，然后又尽力清晰地读出了最后一个字。

"祺"字出口后，随着尾音在空气中消失不见，那信纸便燃烧起来，"呼"的一下，火苗蹿到老北的唇边，点燃那根鼠尾草烟。

走出二层建筑后，老北发现原来"宝龙"头上和自己头上的两束光柱都消失了。

虽然暗夜还是讳莫如深，让人不敢直视，但老北还是能找到回家的路。那鼠尾草烟燃着的火光竟然如此之亮，烟头平直射出的火光直抵自己家，老北叼着鼠尾草烟，就这么跟随那束直光回到了家。

用一句"惯有的生活习性"口令打开门，老北走进屋中，顺手把未燃尽的鼠尾草烟填进嘴里，就着混有冰碴的啤酒喝了下去。

老北突然感觉到一股汹涌而至的性欲，在自己的腹中不安地躁动，这躁动来得如此随性、凶残、千真万确又毫无道理，眼看就要击溃他的意志，让他重又将声一小姐召唤过来。

仅剩的一点理智，带领老北来到床上，他努力让自己平静地躺下，眼睛盯视着屋顶上一块脱落的墙皮，寄希望于酒精能及时唤起他的睡意，来浇灭腹中的火焰。他就这样睁着双眼，眼皮一眨不眨地等待着，直等到两眼充血，红色的丝线一根根在眼球中爆裂，使灼烧的眼睛再也无法睁开，沉沉睡去。

第二天醒来时，老北的身体里已不存有任何感知，他慢悠悠地站起身，准备开门出去继续在小区里转圈儿。

在走到门口时，老北听见了门缝中有一些窸窸窣窣的声音，他将眼睛贴近猫眼儿，看见了声三小姐正从门缝中费力地扯着一张叠了几折的厚纸。声三小姐拽着厚纸的一角，上上下下小心蹭了几下，把厚纸从门缝中拿了出来。

声三小姐将纸条看了很久，老北弯着腰从猫眼儿里也将声三小姐看了同样久的时间。

老北看了一会儿，觉得自己的腰实在受不了了，他就随手拔下了门口的电话线，将线绕着自己的腰缠了几圈系住，另一端拴在了门口旁的窗户框子上，让电话线能多少承受一些自己的重量，感觉舒服了些后，老北继续弯腰从猫眼儿里往外看去。

就这样，声三小姐看着那张纸条，一直从晨曦看到了日暮。

就这样，老北弯腰看着声三小姐，一直从拂晓看到了黄昏。

尽管黑夜已经完全浸透了世界，也没有光柱再次出现照亮孤独，但声三小姐完全没有要走的意思，还在那里一直看着，她不时地弄出点动静，点亮楼道的声控灯，得以让自己看清纸条上的字，得以让老北看清正在看着纸条的自己。

　　老北还能坚持，他想自己就这么一直看下去，直到死亡，也并不是什么值得一提的事情。但电话线可不愿就这么出师无名地坚持下去了，它像是从冷冻层被拿到了冷藏层里渐渐解冻的冰啤酒一样，先是断裂了一丝外皮，然后断裂逐渐向下传递，以一种破釜沉舟的势头，"咔吧"一声，整根碎成了粉末。

　　老北显然没有任何准备，在听到"咔吧"声时，他还以为又是声三小姐弄出的动静，待他明白过来后，自己的头距离地面已经只剩几折厚纸片的距离。

　　老北看着自己的头骨撞向地面，然后像那只承受不住高温的锅一样，裂成了两半。在那裂开的头骨中，有一片鼠尾草，开得正盛。

第五话

不期找到的寻找

黑狗若还在叫，就随它叫去吧。

梦若还不愿醒，就随它睡去吧。

四迷醒来时，大巴车里正放着为纪念逝者而创作的《礼物》——

世界没人明白我，我就孤独着，
可是你又为何这样的寂寞。
不如我们换一换，就算一个礼物，
这样可以用明天继续生活。

刚才经历的那个真实的幻象，还清晰地在四迷的脑海中流连，清晰得连最后与地面的碰撞，都像是还在隐隐击打着四迷的脑壳。他摸了摸自己的头，确认了其作为完整的存在还是真实的，稍微放心了一些。

四迷望向前挡风玻璃上，刚才悬挂着电视屏幕的地方，那里只有一坨怒放如海星形状般的鸟粪黏在玻璃上。

鸟粪或许还是新鲜的，因为鸟粪里富含的水分顺着光滑的玻璃往下流了一些。由于大巴车行驶时迎面而来的强风猛烈击打，那条流下的鸟粪线上，也绽放出了一朵朵的海星花。

不过此时，鸟粪和海星花都已经凝固，因为大巴车不知何时停了下来，高速上所有的车都停了下来。

看这情形，大巴车应该许久没有动了，司机已经把发动机熄火，安全带也耷拉到一旁，他一边听着从车载音响中窜出后独自跳跃着的音符，一边悠然地斜靠在驾驶位上吞云吐雾，不住地伸着懒腰，打着哈欠。

高速公路的四条车道上停满了车，大部分的车都安静得如未出厂的零件，还有一小部分车在突突地冒着尾气，不管是那些做好准备随时开动的，还是知道希望渺茫自暴自弃的，此刻都在以自己的方式，来打发这无奈的时间。司机们陆续走下车去，有的做着广播体操活络筋骨，有的只是叼着烟头，向前方一望无际的车龙尽头皱眉看着。

"这是怎么了？"四迷问。

"嗨，堵车呗，至于原因嘛，自然是不知道。或许是临时管制或者封路了吧？我看前边好像起雾了，还着实不小啊。"

"就这么一直等着吗？"

"不等，还能有什么办法，这儿可是高速公路，应急车道不能走，两边又都封死了，除了前行，别无他法。不过，"司机转过头来看着四迷说，"小子，如果你赶时间，或者不想等着的话，也可以从这儿翻过高速栏杆，穿过那片树林，应该能搭上别的车。"司机指了指高速路旁的那片未知领域说道。

"走过去可以吗？"

"走？"司机疑惑地看着四迷，"嗯……就算是走过去，也不能说完全没有可能，毕竟咱们的行程已经过了大半。"

听司机说完，四迷便直接站了起来。

"你真要走过去啊？这事儿干得可太摇滚了！"司机看到四迷的举动，挺直了腰，一改慵懒的姿势，兴奋地望向四迷。

四迷站在座位旁边，看见目力所及的尽头，有一团越来越大的雾气正向大巴车的方向袭来。

"嗯。走过去。"四迷走到大巴车门口，司机打开了门。

四迷走到车下，回过头来对司机说："再见了。"

下车后，四迷走在了高速路的沥青地面上，穿梭于一堆堆没有驾驶员的汽车中间，那些由茫然的零件拼凑在一起的汽车都睁开了眼睛，迷惑不解地看着四迷的独自前行，它们向四迷投去了或羡慕或揶揄的无声的笑容。

四迷和前方引发大拥堵的那片迷雾之间的距离逐渐缩短，四迷在走，迷雾亦然。他们像达成了某种默契般，既不因急于见面而加速，也未因彼此的讳莫如深而踟蹰，他们只遵循着自己的节奏，让一切自然地发生。

某个如约而至的瞬间，四迷钻进迷雾。他本以为走上一段时间才会穿过迷雾，没想到刚钻进迷雾的一刹那，他便走了出去，就像那只是一道薄薄的雾帘。

迷雾散尽，取而代之的是满得马上就要溢出世界的暖雪。

雪粒落在四迷的脸上，让他感觉到一种不适的暖，继而浑身起了鸡皮疙瘩。四迷努力地哈着气，希望看到在以往的飘雪日里哈气时能看到的，因冰冷而雾化了的白气。可口腔里的温度和外界的温度在互相感知了一下后发现彼此差不了多少，于是，四迷的希望落空了。

这本应由寒冷带来的雪，却带来了初夏，让四迷感到一种难以言明的恐惧。他怀疑自己还在幻象中，并没有醒过来，只不过是从幻象的第一层，进入第二层，陷入更深的幻象困境。四迷不知道怎么来求证自己是在幻象中还是在真实的世界，他所能做的，唯有一直走下去。

他越走越热，雪越落越多，四迷被暖雪包裹住，已经热得快要受不了了，他心跳加速，头脑混乱，只能不受控制地一件件剥去自己的衣服以求得凉爽，直剥到一丝不挂。

赤身裸体的四迷加快了脚步，虽然他还在高速公路上，车却一辆都没有了，笔直的四条车道上一片空旷，任四迷和暖雪肆意妄为。

走了不知多久，在没有刻意注意的情况下，四迷已经离开了高速公路，但沥青地面还铺在脚下，他顺着沥青路继续走着，越走越快，像有什么正在追赶着他般。

"追赶"随即而至，沥青地面在四迷的脚下渐渐开裂，他一边往前走着，脚后的沥青地面就一边裂着。在那些裂缝中，相继开出了橘色、黄色、绿色、蓝色的鼠尾草花。鼠尾草花也随着四迷的行走不断延伸着，在他的身后铺成一路花海。

一定是有人看到了这幅奇异的景象，在不知所措间选择了报警。穿着制服的人接踵而至，在四迷的身后用割草机推平那片鼠尾草花海，还有一些穿着制服的人一边嚷着"站住"一边试图穿过花丛追上光着屁股的四迷，想要堵住这造成混乱的源头。

可无论怎么追赶，制服们和四迷之间的距离都无法拉近，于是他们放弃了追赶的念头，身不由己地返回去加入割草机的队伍。由于割草机的配额有限，没有被分配到割草机的制服们，只能弯下腰，像勤劳的麦客一样，一棵棵将那些鼠尾草花连根拔除。

走了一会儿后，从四周变化的风景中，四迷知道已经接近了黑狗所在的那片山林，因为周围的树开始多了起来。但四迷马上就会知道，树木的增多不是他快要抵达山林的标志。

天空中传来一阵巨大的轰鸣声，吸引了四迷的目光，他不管一些暖雪被旋转的气流吹到自己的眼上，仍仰头向天空望去，是一架穿了制服的直升机，正在他的头顶上方盘旋。

四迷以为那直升机是来抓他的，但直升机只在他头顶停留了一下就向前方飞去。

直升机渐渐变大，大到好像能挡住整个苍穹。变大的直升机舱门大开，从舱门中落下一棵棵参天大树，直直插入四迷前行的道路上。那些树，在沥青路上由于无法扎根，都摇摇欲坠，左晃晃右晃晃，却像个不倒翁一样，在将要倒下的临界点，又恢复了直立，然后缓缓向另一边倒去，如此往复。

飞机投下的树越来越多，多到最后，树叶遮天蔽日。四迷明白过来，制服们企图让自己陷入一片黑暗，以致无路可逃只能就范。

幸好有灯光——光来自树上。

杨树上结满了石榴，槐树上结满了柠檬，柏树上结满了桃子，橡树上结满了小灯泡。那些小灯泡的外边用不同颜色的油漆涂抹上，它们被柳条一个一个连在一起，电流穿过柳条，传输到灯泡，让它们发着光。

光五颜六色，漆了红色的发着蓝光，漆了蓝色的发着灰光，漆了灰色的发着绿光，漆了绿色的发着棕光。棕光照到四迷脚下，让他脚下这一小块沥青路现出了土地的颜色。棕光逐渐延伸，原来的沥青路变成了泥土，沥青路的消失，让一排排紧跟着的鼠尾草花没有了扎根的地方，它们陆陆续续地枯萎，逐渐消失不见了。

随着鼠尾草花的陆续枯萎，身后由制服们和割草机们混杂起的喧嚣声也隐匿不见，周围又恢复了一片静谧，只有暖雪还在窸窸窣窣地飘落，带来了一声声如喘息般的呢喃。

四迷急匆匆地走着，显然他已经意识到了这些奇异的氛围，他已经走到了这步，不想在某一次无意的跌倒后，发现自己竟然又是在梦中，还要把这些路程重新走上一遍，陷入无尽的轮回，所以他越走越快，恨不得一下就走到那个由黑狗看守的建筑隧道的入口处。当然，如果当自己走到时，黑狗恰巧变成了石雕，那就再好不过了——四迷一边这么想着，一边不停地提速。

就在这棕色的土地和色彩斑斓的灯光中，四迷穿过石榴杨树，绕过柠檬槐树，越过桃子柏树，经过灯泡橡树，来到了老北所在的老屋旁，比老北预想的时间提前了大半天。

当老北看到四迷的时候，四迷并没有注意到他，而是拐了一个弯，向他的相反方向走去。

他们正处于"T"字路的一横和一竖上，老北在那一横的右边，而四迷从一竖的那条路上，向左拐，走到了一横的左边。这只是他没有注意到老北的其中一个原因，另一个原因或许是一路上的暖雪和诡谲气氛，让他只能一直往前走去，不敢让眼神在别处稍作停留，以免因左顾右盼而节外生枝。

"四迷！"老北大声喊着他。

他听到了自己的名字，回过头看了老北一眼，顿了顿，向老北走去。

——我们又见面了。

"嗯。"四迷扬起了一下嘴角，随即马上又落了下去，现出了一副不知道应该怎么面对老北的表情。

——我是真实的。

老北说完后看着四迷，见四迷并没有搭话的意思，老北接着说，

——先披上件衣服吧，然后我们要一起等一个人。

"等谁？"四迷问老北。

——等声三小姐。

老北和四迷坐在老屋外的木头墩子上，一人吃着一张刚摊好的鸡蛋饼。

"声三小姐也会来？"四迷问老北。

——她昨晚给你家打电话，但是电话没有接通，料想是你可能没挂好。今天早上她去你家找你了，看到了门缝上的那张纸条。

四迷没有说话，像在回忆着昨晚上的电话，又像只是愣神。

——那张纸条，并不是要给谁看才留下的吧？

老北问四迷。

四迷仍没有接话茬的意思，老北于是扭回脸，把视线落回到鸡蛋饼上，继续说道，

——她已经在路上了，不过会晚些，我预计，她会在后天左右到。

"这么久。"

——来这里的直达车已经没有了，这你是知道的，另外，高速

路的沥青全都破裂，加上清理掉那些长出来的鼠尾草花的时间，她只能辗转然后等待。

"原来那些都是真实的，我还以为是我的幻觉呢。"

——或许是幻觉，但如果你把人生本身就看作是一场幻觉的话，那些也就顺理成章了。其实，真实和幻觉本就没有那么清晰的界限。就像此刻，谁也没法笃定这一刻就是真实的，或许只是异常真实的梦境而已，由一个平行世界中的你，带给此刻的你意识中的投影，也或者，是自己和自己同行。

一声悠然的犬吠声，蓦地隐隐飘来，击打在院子里的一棵老树上，老树微微颤了一下，从树枝上掉落了几粒茫然无措的灰尘。

"那是黑狗吗？"四迷望着声音传来的方向，问老北。

——也许。

"如果它在那里的话，我们是不是就没法穿过建筑的隧道，到达另一边了？"

——你去另一边，是想得到什么东西吗？

"我也不知道，只是现在能做的唯有这件事而已。"

——那个声音，我每天都能听到，没有一天例外，所以如果那代表着我们无法跨过黑狗，穿过隧道的话，那最起码这一段时间以来我在这里都是徒劳了。不过，我倒不认为听到这声音就代表我们无法跨过黑狗。

四迷转过头看向老北，像在确认他接下去要说的话是事实，还是仅仅聊以慰藉。

——如果我们能在它正巧变成石雕的那一刻走过去就没问题，问题是，它变成石雕后也可能会发出吠声。就像是汽车没有了驾驶员后还会径自按照交通规则行驶一样。

"惯有的生活习性。"四迷喃喃自语道。

——正是。

老北和四迷沉默着吃完了自己手中的鸡蛋饼，在老北刚掏出烟要点燃时，四迷突然说："老北，不管你是我想象的，还是我是你想象的，总之我们都是彼此最重要的朋友，对吧？"虽说是问老北，但语气中却有着已经知晓了答案的成分，并占据了大半。

——每个人都有一个这样的朋友，只不过恰好你的那个叫老北，我的那个叫四迷。

四迷点了点头，向老北要了根烟，点燃抽了一口。

——除了犬吠那声音，我还听到过蝉声。

老北像是自言自语道，四迷没有答话。

——你见过蝉的死亡吗?

老北继续问道。

四迷摇了摇头，烟夹在他的指间，未再抽一口。

——我见到过一次：随着鼓膜震动发出的一声尖厉的声音，蝉会直冲天际，当你的眼神被那声音吸引，以为它只是在欢畅地舞蹈时，它却一下栽落到了地上，从很高的高空里。当你又以为它会在这重击下就此死去时，它却没有停止动作，而是慢慢一边抖动一边爬行着，只在一个很小的范围内爬行，待爬到一个树坑，或是土堆后面时，便消失无踪，连尸首也不见了踪影。

在这整个的过程中，待死的蝉一直在震颤着鼓膜鸣叫着，甚至比平时叫得更大声。

第三天中午，太阳在头正上方像一束光柱般悬着的时候，声三小姐终于到达老屋。

看着声三小姐向自己走近，四迷低声问老北，用只有他们俩能听到的音量——"你相信我是真实的吗？"

——我也一直在想这个问题。

老北对四迷说。

就像是在昨晚电话中约定好第二天要一起去郊游时一样，声三小姐走到四迷面前后，他们也未就声三小姐这一路而来的过程做更多交谈。声三小姐只是拿着四迷留在门缝间的那张纸条说："我看到了你留的纸条，就来了。"

将要去寻找黑狗的三个人随即出发。

直升机投下的那些巨树，都把根牢牢扎在了深棕色的土壤里，它们簌簌抖落了很多叶子，阳光重新绕过树叶间的缝隙穿透进来，让深棕色的土壤褪去了一些颜色。树下铺开了一片草坪，四迷走在那些草坪上，脚底柔软的感觉，像是走在云端。

暖雪停了下来，取而代之的是雨丝，清澈中带着一抹微凉，雨丝汇成雨点，打在因猛烈的阳光照射而变得有些干燥的浅棕色土地上，那些土壤渐渐喝饱了水，又恢复成了深棕色，滋养着树木和草丛的根须。

一路上，杨树上的石榴落了，结出了毛絮；槐树上的柠檬落了，结出了槐花；柏树上的桃子落了，结出了柏子仁；橡树上的小灯泡落了，噼噼啪啪碎了满地，树上结满了橡子。

动物们也开始活跃起来，独角仙飞落到树干上，不知名的野雀啄食着掉落的桃子，松鼠从隐秘中小心翼翼地探出头，左右环顾了一阵后，蹿到地上，抱起橡子又跑回隐秘中。

在从杨树上掉落后裂开的石榴和独角仙之间，在祭出铲状上唇的独角仙和柠檬之间，在流着酸涩汁水的柠檬和野雀之间，在不想有名也无须有名的野雀与碎灯泡之间，在碎灯泡与一声犬吠划过正在前行的四迷的心头之间，并不存在任何的差别——四迷早就知道了。

说到犬吠，从四迷他们出发到现在已经过去了两天，整整两天四迷都没有再听到犬吠声。这两天的时间，老北只负责在前边领路，四迷和声三小姐跟在他后边不远处，时不时地会交谈几句。他们累了便歇，饿了便吃，困了便睡，像早已有了某种默契般，暂时忘记了语言作为沟通所存在的意义。

唯一一次四迷和老北搭话，他问老北，你去过那个建筑隧道入口吗？老北说，没有。四迷接着问，那你怎么知道路线的，老北说，我并不知道。四迷说，那咱们现在是去哪儿，老北说，我只需一路嗅着腐坏和破败的味道，就能寻到那所古早的村落。到了那儿，就有人能告诉我们去往建筑隧道的路线了。这是两天来四迷和老北唯一的对话。

第三日，三人抵达了荒村。

闪过了塌落的黄土墙垛，老北望见两所茅屋，一株枯树，被稀疏的篱笆围在一片恬静的雨点中。枯树边似有人正在徘徊，走近后才发现正是老北要拜访的年轻人。

——他们是我的朋友。

老北朝着年轻人说道，随后转过头向四迷和声三小姐介绍。

——这位是黑狗故事中，吊死在自家院子树枝上的那个年轻人。

"呵，好个介绍。"年轻人轻哼一声，随即朝四迷和声三小姐点头示意了一下，然后转回头继续对老北说，"料想不应只这两人随你同往，到底是何原因？"

——或许是那些人在现实中找到了解决自己问题的方法，并付诸实施了，眼见效果还不错，便也就不用去寻什么黑狗了。

"呵，罢了。"

——那就请告诉我下面的路吧，有劳了。

"当然可以。"年轻人转过身挥了一下手，让他们跟上。

走出院子，年轻人跳上黄土墙垛，随手把老北也拉了上去，他踮起脚极目远望，然后指着远方说："沿门口土路北行，可望见那个高坡吗，翻过去，便能看见了。"

——多谢。

老北说。

"也仅是能看见建筑，却看不见黑狗。若想见黑狗，无论是壮若巨松的或静若石雕的，都须走得足够近才行。"

——嗯，别过。

说完老北便跳下墙垛，头也不回地往那高坡走去，虽未看四迷，但老北知道他回了好几次头，每次都看到那个年轻人站在墙垛上，毫无表情地望着三人离去的身影。老北知道，年轻人也想和三人一起去碰碰运气，但老北并不认为这对于他来说，是个好主意。他更应该做的，是在已经完成了"指引三人"这件事之后，就卸去牵挂，开始下一段旅程。

走到高坡前，三人又花了半天的时间，雨已经完全停了，地上的土壤也渐渐结实起来，路比刚才好走了许多。老北仍在前边走，四迷和声三小姐仍在他身后不远处跟随，走到了中途，老北听到了四迷和声三小姐的对话。

四迷说，如果能穿过那个隧道，我们就在一起吧。

声三小姐答，那我们要去拍个婚纱照。

这时，消失了三天的犬吠声兀自出现，像一声闷雷，总觉得会在下一秒炸裂般在耳边响起，却一直都是隐隐的状态。紧接着，第二声、第三声，连绵不断的犬吠声响起，回荡在山谷中。

老北停住了脚步，回头看了一眼四迷和声三小姐。他们也站定在原地，怔怔地望着老北。

老北看到那些犬吠声，渐渐凝成了一抹抹淡淡的痕迹，围在四迷和声三小姐的身边，既不远离也不迫近，不缠绕也不散开，不走也不留。

它们只是在那里，径自孤独地舞着。